Copyright: Leselausverlag (Hannes Hörndler)

Lektorat: Bauer Christine

Cover und Layout: Stefan Pommer

ISBN: 978-3-9502879-6-7

Als sich Oma und Opa noch nicht kannten

-

Hannes Hörndler

Leselausverlag

Prolog – Sepp

(Dienstag, 13. August 2013)

Es klopft an der Tür, wie es meine Frau gerade eben angekündigt hat. Aber wer noch mal kommt heute vorbei? Wer soll sich heute mit mir beschäftigen? Ich hab' es schon gewusst, aber leider wieder vergessen. Ehrlich gesagt, ist mir das auch egal. Wenn man älter wird, ist einem vieles egal. Viele Dinge berühren einen nicht mehr. Ob jetzt mein Bruder, eine Nachbarin oder der Obama käme, so groß wäre der Unterschied für mich auch nicht mehr. Mit jedem könnte ich mich nett unterhalten. Vielleicht mit dem Obama ein bisschen weniger.
Im Alter ist bei mir vieles anders geworden. Wie zum Beispiel das Gehen – nur mehr wenige Schritte um das Haus herum sind noch möglich. Dabei genieße ich jeden Moment – besonders gern sitze ich auf der Hausbank, schaue mir die Bäume an und beobachte die Menschen und unsere Katze.

Die Küchentür öffnet sich und ein kleiner Mann tritt ein. Den habe ich noch nie gesehen. Der hat beinahe so viel graues Haar wie ich. Ein rosa Hemd hat er an, ebenso eine blaue Jeans, in der Hand hat er einen kleinen, schwarzen Koffer. Könnte ein Arzt sein. Aber einen weißen Kittel sehe ich nicht. Dafür muss ich die gestreifte, wellenförmige Krawatte anstarren. Je länger ich hinschaue, desto mehr hypnotisiert mich dieses Ding!
Mit kleinen, schnellen Schritten geht er zu meiner Frau und begrüßt sie mit festem Handschlag. Ich will ihr sagen, dass sie Licht machen soll. In der Küche ist es fast noch düsterer als draußen.
„Wie heißen Sie?", reißt mich der Mann aus meinen Gedanken. Ich weiß nicht, warum er da ist, aber wenn er so höflich fragt, gibt's auch eine höfliche Antwort.

„Josef Hörndler."
Die Krawatte. Ich kann nicht wegschauen! Meine Frau räumt die Teller in den Geschirrspüler. Wie ich sie kenne, schaut sie darauf, dass sich die Teller nur ja nicht berühren.
„Und geboren sind Sie...?"
„Im November. 17. November 1928."
In Gedanken bin ich woanders. Ich habe doch meiner Frau etwas sagen wollen. Was war das denn nur? Woran habe ich sie bloß erinnern wollen? Dass sie mir Frühstück richten soll? Oder war's die Motorsäge, weil der Zwetschgenbaum gestutzt werden muss?
„Und wie lautet Ihre Adresse?"
„Ist das so wichtig?", entgegne ich ihm.
Der Mann lächelt freundlich. „Für mich schon..."
Ich grüble. Das habe ich schon einmal gewusst. Es fällt mir nur nicht so schnell ein.
„Keine Ahnung." Jetzt habe ich ein schlechtes Gewissen. Dem Herrn scheint das sehr wichtig zu sein, aber ich kann ihm nicht weiterhelfen.
„Sagt Ihnen Allhartsberg was?"
Ich überlege kurz und schaue aus dem Fenster. Ich sehe einen kleinen Hügel, darauf eine Kirche und ein paar Häuser. Womöglich könnte das Allhartsberg sein...
„Da oben!", zeige ich aus dem Fenster. Der Mann nickt, schaut aber nicht recht glücklich drein. Er holt ein Blatt Papier aus seinem Koffer, legt es auf den Tisch und macht sich ein paar Notizen. Schaut komisch aus, wie er da auf dem Stuhl sitzt. Wie ein kleines Kind, das fast nicht über den Tisch sieht. Wie ein pummeliges Kind, weil der Schlankste ist er auch nicht gerade.
„Und welchen Wochentag haben wir heute?", bohrt der Herr weiter nach.
„Was Sie alles wissen wollen", antworte ich und lache. „In meinem Alter weiß man das nicht mehr so genau." Ist er jetzt noch immer

nicht mit meiner Antwort zufrieden?
„Ich habe drei bereit. Den Dienstag, den Mittwoch und den Donnerstag..."
„Mittwoch vielleicht?", frage ich und grinse frech. Auch der Mann grinst. Scheinbar habe ich den richtigen Tag erraten.
„Und die Hausnummer? 30 oder 32?" Ich schüttle den Kopf. Ich weiß es wirklich nicht.
Der Mann notiert sich ein paar Dinge und wendet sich meiner Frau zu. Die beiden reden eine Weile miteinander, aber ich verstehe rein gar nichts. Vielleicht ist der Mann von der Polizei? Aber ich habe doch nichts verbrochen! Höchstens ein paar Mal gerauft. Das ist doch auch schon eine Weile her! Gibt es da nicht ein Verjährungsgesetz? Oder regt er sich bloß darüber auf, weil ich ihm nicht weiterhelfen hab' können?

„Wer war das?", frage ich meine Frau, als er unser Haus verlassen hat.
„Aber geh... das habe ich dir doch vor einer Viertelstunde erklärt", sagt meine Frau und das sagt sie, glaube ich, in letzter Zeit oft. Ich verärgere meine Frau, obwohl ich das nicht will.

In letzter Zeit vergesse ich einfach immer mehr. Den Wochentag, die Hausnummer, das Fußballmatch im Fernsehen, ob ich Kinder habe. Ich bin vierundachtzig Jahre alt. In dem Alter ist es eben so, dass man einiges vergisst! Ich kann es nicht ändern. Man vergisst und vergisst und vergisst. Das ist leider so. Als würde in mein Gehirn nichts mehr reinpassen. Ja und dazu kommt, dass ich mich nicht mehr so gut erinnern kann. Ja, von früher, da weiß ich noch mehr. Ich kenne viele Geschichten von früher. Manchmal brauche ich einen Schubser, damit sie mir wieder einfallen, nicht jedoch heute. Heute ist alles klar. Heute liegt kein Nebel über meinen Geschichten. Und die erste Geschichte stammt aus dem Jahr 1928.

Prolog – Mitzi
(Sonntag, 6. Oktober 2013)

Mein Sohn hat mich nach Kürnberg gebracht. Ich bin auf einer kleinen Anhöhe am Waldrand und versuche durch das dichte Gestrüpp zu schauen. Irgendwo da drunten ist das Haus meiner Kindheit gestanden. Das Oo-Häuserl. So gerne würde ich es noch einmal sehen! Früher war da eine Wiese, nun sind da Bäume, Gräben und der Wald, sodass ich die Überreste des Hauses nicht sehen kann. Auch mein Sohn hat den Platz unbedingt einmal anschauen wollen. Wir haben keinen anderen Weg gefunden, darum hat er querfeldein gehen müssen! Hoffentlich tut er sich dabei nicht weh! Ich könnte ihm ja nicht helfen! Ich habe ja kein Telefon mit, da hinunter ist es viel zu steil, und bis zum nächsten Haus ist es ein Marsch von zwanzig Minuten.
Der Wind holt die ersten Blätter von den Bäumen. Wasser rinnt vom Hang herunter und in einem Kanal ab, ein Flugzeug zieht eine weiße Spur in den Himmel. Ich friere ein wenig und knöpfe meine violette, selbstgestrickte Weste zu. Ich stehe auf der feuchten Wiese und versuche, im Wald die rote Windjacke meines Sohnes zu erspähen. Nichts. Natürlich wäre es schön, wenn er vom Haus Fotos machen könnte. Es hat mich ja auch geprägt, in dem Haus sind mir die besten und schlimmsten Erlebnisse widerfahren. Einmal habe ich gespürt, wie es nach einem Regenguss ins Rutschen gekommen ist. Ich bin davon überzeugt, dass es so war, nur mein Sohn sagt, so was sei unmöglich, ich verwechsle das mit der Sage[1)].

Ja, wo bleibt er denn? Es war dumm von mir gewesen, hierher zu kommen und zu glauben, man käme so einfach zum Oo-Häuserl! Wir haben ja damit rechnen müssen, dass alles zugewachsen ist.

Aber mein Sohn hat mich dann doch überzeugt! Nochmals zum Ursprung zurück, nochmals das Haus zu sehen! Jedoch nicht, wenn es so schwer ist, dort hinzukommen! Es ist ein Spontaneinfall nach einem Wirtshausbesuch gewesen. Daher ist er ja mit seinen Halbschuhen hinuntergeklettert, mit den neuen schwarzen, die er sich erst kürzlich gekauft hat! Mit diesen Schuhen hätte ich es ihm nie erlauben dürfen! Am besten, ich hätte ihm den Weg zum Haus erst gar nicht erklärt! Dann wäre er nie in den Wald hinuntergestiegen! Und ich hätt' mir keine Sorgen machen müssen! Der Jüngste ist er mit seinen sechsundfünfzig Jahren auch nicht mehr. Würde ihm etwas passieren, würde ich mir das nie verzeihen!

Und der Wald, den der Herr Apfalter[2)] angepflanzt hat, ist wirklich dicht geworden. Aber natürlich ist das meinem Sohn mit seinem Dickschädel egal. Da sind sie beide gleich – er und mein Mann!

[1)] Laut dieser Sage hausten vor langer Zeit in der Nähe des Oo-Häuserls viele Berg- und Wassermännlein, die der Besitzer nie aus ihrer ruhigen Behaglichkeit aufschreckte. Einmal ergoss sich über Kürnberg ein schreckliches Unwetter. Drei Tage und drei Nächte öffnete der Himmel seine Schleusen, der Wolkenbruch wollte kein Ende nehmen. Am Morgen des vierten Tages ging plötzlich ein gewaltiger Ruck durch das ganze Häuserl, und es begann langsam, ganz langsam auf dem abschüssigen Hang zu rutschen. Der entsetzte Häuslmann stürzte ins Freie und rief verzweifelt mit weithin schallender Stimme: „Oo, Häuserl, oooo, Häuserl, bleib steh'n!!" Da wurde es im Berg lebendig. Die Bergmännlein stützten mit großen Felstrümmern den Hang, die Wassermännlein leiteten blitzschnell alle Sturzbäche in eine andere Richtung – das Häuserl stand wieder fest. Da aber den Hilfeschrei des Häuslmannes viele Nachbarn gehört hatten, wurde das Häuserl von da an Oo-Häuserl genannt.

[2)] Herr Apfalter hat das Grundstück lange nach mir besessen. Er war Generaldirektor der VOEST und ist in den 80er Jahren unter mysteriösen Umständen gestorben. Kurz vor seinem Tod hat er gedroht, in Sachen illegale Kanonenlieferungen auszusagen und hat gemeint, wenn alles ans Tageslicht käme, dann müsse die ganze Regierung in Wien zurücktreten. Kurz darauf ist Herr Apfalter tot in seinem Haus gefunden worden. Ursache: Plötzlicher Herzinfarkt. Irgendetwas hat den Gerichtsmediziner damals gestört. Beim Herzinfarkt verkrampft sich der Körper des Sterbenden. Das war beim Herrn Apfalter nicht der Fall. Der war nach Aussagen aller Augenzeugen völlig entspannt.

Endlich erkenne ich einen roten Punkt, der langsam größer und immer mehr zu meinem Sohn wird. Er ist immer noch schlank und groß, noch größer als es mein Ehemann in seiner besten Zeit gewesen ist. In der Hand hat er ein paar Steine und ein durchgerostetes Gefäß. „Viel mehr ist davon nicht übrig", sagt er vollkommen verschwitzt. Er gibt es nicht zu, aber er ist an seine Grenzen gegangen. Er zieht sich die Haube vom Kopf, sein Haar ist vollkommen zerzaust. Dann holt er die Kamera hervor und zeigt mir das, was vom Oo-Häuserl übriggeblieben ist. Mir gibt es einen Stich! Voller Wehmut denke ich daran, wie dort alles begonnen hat...

1.
Sepp
–
Meine Geburt im Jahr 1928

Auch wenn ich schon vieles vergesse, so werde ich niemals die Geschichte über meine Geburt vergessen! Die Wehen meiner Mutter haben unerwartet früh eingesetzt. Es war November, der 17., und für einen Novembertag war es ungewöhnlich kalt. Selbst für die Neustift, ein Ort, der kalte Herbsttage gewöhnt war. Die Neustift war mehr ein gebirgiges Gelände als ein Ort und für die wenigen Bauernhäuser schwer zu bewirtschaften, weil die Hänge steil und zerklüftet gewesen sind. Die paar Häuser, die dort oben mühsam erbaut worden sind, sind alle für sich alleine dagestanden, sodass kein Nachbar den anderen gesehen hat.

Eines dieser Häuser war das Stoa, Grub 7, der Bergbauernhof meiner Eltern, auf dem auch noch die Eltern meines Vaters und meine zwei älteren Brüder Engelbert und Hans gewohnt haben. So warm hat der Kachelofen gar nicht sein können, dass die Kälte nicht zwischen den Fugen hereingekommen ist. Meine Mutter ist auf dem braunen, abgenutzten Sofa gelegen, auf dem sie nur gelegen ist, wenn die Wehen so stark waren, dass die Hebamme schon im Haus war. Diese hat eine Schüssel mit warmem Wasser, wo sie sich die Hände hat waschen können, eine Schere und Garn für das Abnabeln und ein paar Tücher für das Baby hergerichtet. Alle diese Dinge hat sie aus ihrem Koffer genommen, den sie für Hausgeburten immer bei sich gehabt hat. So wie die anderen

ihrer Zunft war auch sie aus dem Dorf und hat mit ihren fünfundfünfzig Jahren bereits dreitausend Geburten miterlebt. Jeder hat sie gekannt, jeder geachtet. Auch meine Mutter hat der Hebamme vertraut, weil die genau gewusst hat, was sie an diesem besonderen Tag brauchen würde.
Und meine Mutter hat keine Logengäste oder Besserwisser im Raum gebraucht. Meine Mutter hat Ruhe gebraucht! Mit einem Handzeichen hat die Hebamme die Altbauern mit den Kleinen in die Küche geschickt, wo die sich mit ihnen beschäftigt haben.

Mein Vater war außer Haus. Aber nicht, um auf dem Feld zu arbeiten oder sich vor der Geburt zu drücken. Früher sind die Väter nie bei der Geburt dabei gewesen. Warum das so war, weiß ich nicht. Nicht, dass ich das auch schon vergessen hätte. Mein Vater war deswegen nicht daheim, weil er den Pfarrer geholt hat. Für die damalige Zeit war es eigentlich ungewöhnlich, dass ein Pfarrer zu einer Geburt hinzugezogen wird, außer es hat sich um eine Frühgeburt gehandelt. Und da meine Mutter erst im achten Monat schwanger gewesen ist, ist mein Vater besonders schnell zum Pfarrer gelaufen. Stell dir vor, ich wäre ungetauft in Mutters Schoß gestorben! Das wäre für meinen gläubigen Vater zu viel gewesen!

Die Hebamme hat sich ein letztes Mal die Hände gewaschen – mehr hast du damals für die Hygiene nicht tun können. So etwas wie Gummihandschuhe hat es noch nicht gegeben. Das Wichtigste war ohnehin die Erfahrung[3)], und die hat man als Hebamme allemal gehabt, weil es ja fast nur Hausgeburten gegeben hat. Eine Frühgeburt, so wie es bei mir eine war, ist nämlich

[3)] Dennoch sind damals viele Mütter im häuslichen Kindsbett verstorben.

noch lange kein Grund gewesen, ins Krankenhaus zu gehen. Trotzdem hat sie die große Spritze, die mit Weihwasser befüllt war, aus ihrem Koffer geholt. Vorsorglich, falls was passieren sollte. Im selben Moment ist mein Vater mit dem Pfarrer ins Haus gestürmt.

„Sie werden die Spritze nicht brauchen!", hat der Pfarrer die Damen begrüßt und höflich seinen Hut gezogen. Von der vielen Arbeit im Pfarrgarten hat er ein braungebranntes, ausgemergeltes Gesicht gehabt. Seine schwarze Kutte war knieabwärts schwer, offenbar haben sie den direkten Weg über die nasse Waldwiese genommen. Ich weiß es deshalb so genau, weil der Pfarrer es gewesen ist, der mir Jahre später von diesem Tag erzählt hat. Und damals hat er ständig von der dreckigen Kutte gesprochen, weil sie mehrmals gewaschen hat werden müssen, bis sie wieder halbwegs sauber gewesen ist.

Meine Mutter hat meinen Vater zu sich gewunken. Sie hat ein kerniges Gesicht gehabt, das aufgrund der Wehen rot angelaufen war. Ihr Mund hat hart und energisch gewirkt. Der Schweiß ist ihr von der Stirn geronnen. Mit den Händen hat sie sich an den Möbelenden festgekrallt, eine Nackenrolle hat ihren Kopf gestützt, und die nackten Füße sind gekrümmt auf einem dünnen Leintuch gelegen. Sie war deutlich schwerer als mein Vater, der ein sehr zartes und schlankes Männchen gewesen ist.

„Wo hast du so lange gesteckt?", hat sie meinen Vater gefragt. „Hast du im Vatikan nach dem Pfarrer gesucht?" Meine Mutter, die eigentlich nie so geredet hat, ist aufgebracht gewesen. Mein Vater hat schon zwei Geburten miterlebt und daher gewusst, dass meine Mutter da ein bisschen ein anderes Benehmen zeigt. Er hat sie auch verstehen können. Schließlich war er dankbar, dass sie sich ins Sofa krallen musste und nicht er.

„Der Herr Pfarrer war nicht gleich zu finden."

„Ich war in der Hütte draußen, um Scheiterholz zu machen."
„Bitte", hat meine Mutter gefleht, „taufen Sie mein Kind jetzt!"
Mein Vater hat verstanden. Die Krux der Erbsünde. Die hat ja auch ihm zu schaffen gemacht! Wäre ich als ungetauftes Kind verstorben, wäre ich nicht in den Himmel gekommen. Und da ich viel zu früh dran gewesen bin, ist das mit der Nottaufe durchaus angebracht gewesen.
„Heute wird nicht gestorben", hat sich die Hebamme eingemischt. „Aber die Stoanerin hat schon Recht. Der Herr Pfarrer bleibt hier, aber schön hinter mir, die anderen müssen in die Küche! Wenn es etwas Wichtiges zu sagen gibt, dann erfahren die Herrschaften das als Erste!"
So waren sie damals, die Frauen. Angeschafft haben sie! Und die Männer haben brav folgen müssen. Da ist ihnen nichts anderes übriggeblieben. Nun hat mein Vater vom Nebenzimmer aus hören müssen, wie die Hebamme im gleichen Rhythmus wie meine Mutter zu atmen begonnen hat. Und dann ist das Atmen in ein Schreien übergegangen[4]. Die Schreie wiederum wurden vom Herrn Pfarrer abgelöst, der laut „Ich taufe dich im Namen des Vaters und des Sohnes und des Heiligen Geistes" gerufen hat. Während die Tauformel gesprochen worden ist, bin ich dreimal mit Wasser übergossen worden.
Meine Mutter und ich haben den Tag überlebt. Dafür war ich so dankbar, dass ich beschlossen habe, ein braves Kind zu werden. Für meine Eltern war das zu wenig, wie sich drei Jahre später bei einem Besuch herausgestellt hat...

[4] Und weil das so schön war, hat meine Mutter diese Schreie noch weitere acht Mal erleben dürfen.

2.
Mitzi
–
Wie ich ins Oo-Häuserl gekommen bin
(1931)

Angefangen hat alles mit einer Kutschenfahrt. Ob es regnet oder die Sonne scheint, kann ich unmöglich wissen, da ich erst acht Tage alt bin. Der Wagen holpert über die Schlaglöcher der Schotterstraßen. Mir ist schwindlig, soeben haben wir auf einer Kuppe abgehoben, und ich fühle mich, als würde ich schweben. Wir sind schnell unterwegs, viel zu schnell, ich habe Angst,

dass ich aus der Kutsche geschleudert werde. Und mir ist heiß! Die Stofftücher, in die ich gewickelt bin, sind vom Nieselregen feucht geworden. Da ich unter einem Mantel stecke, beginnt es zu dampfen. Die Luft ist stickig, ich fange zu schreien an.
Ich bin auf einer Reise, die nicht und nicht aufhört. Die ich nicht machen will! Die mich von meinem Geburtshaus Aubauern (Aschbach) nach Kürnberg ins Oo-Häuserl bringt. Auf einer Kutschenfahrt, die am 10. September 1931 stattgefunden und bedeutet hat, dass ich nicht bei meinen Eltern aufwachsen habe dürfen. Weil,... weil es meine Eltern so gewollt haben!

Sie haben sich nicht um mich kümmern können. Das hat mir die Mutter gebeichtet, als Große einmal. Wie alt ich da war, weiß ich nicht mehr. Zehn Jahre alt war ich da sicher schon, oder war ich schon älter? Zwanzig vielleicht? Wie ich darauf reagiert habe? Überhaupt nicht. Ich hätte es ohnehin nicht mehr ändern können. Schockiert war ich auch nicht, als sie es mir erzählt hat. Oder hat es mir vielleicht der Ziehvater verraten, die Geschichte mit der Kutsche? Ja, ich glaube, der war es! Der ist ja auch auf dem Wagen gesessen, das war ja seine Arbeit als Rossknecht. Auf dem „Landauer", einem kleinen Handwagen für Pferde, haben maximal zwei sitzen können. Eben der Rossknecht und meine Mutter mit mir, versteckt unter ihrem Mantel.
Sie hat mich aus Gründen, die ich nie erfahren werde, nicht selbst aufziehen wollen! Das sollte die Mutter meines leiblichen Vaters machen. Meines leiblichen Vaters, von dem ich nahezu nichts weiß. Ich kenne nur seinen Namen. Michael Hirtenlehner. Und von einem Foto her weiß ich, dass er fesch war. Aber lieber hätte ich einen hässlichen Vater gehabt, der sich ein bisschen um mich gekümmert hätte, als einen feschen Kerl, dem ich ein Leben lang völlig egal geblieben bin.

Ich kann mir nicht vorstellen, wie wir überhaupt nach Kürnberg gekommen sind. So richtig hat mir das ja niemand erzählt, weder der Ziehvater, noch die Mama oder die Großmutter. Da geht ja gar kein richtiger Weg zum Oo-Häuserl hinauf! Da war ja keine Straße da. Ja, ein Wiesenweg vielleicht. Da hätten sie über den Ortskern fahren müssen, das wäre doch viel weiter gewesen! Oder haben sie mich das letzte Stück einfach getragen? Oder hat es doch einen Weg durch den Wald gegeben?
Fast einen halben Tag hat die Fahrt mit den Pferden von Aschbach nach Kürnberg gedauert. Mich würde brennend interessieren, was sich meine Mutter während dieser Zeit so alles gedacht hat. Was denkt sich eine Mutter, wenn sie freiwillig ihr kleines Kind aus ihrer Obhut gibt...?
Hat sie daran gedacht, wie das ganze Schlamassel überhaupt begonnen hat? Warum sie diesen Mann geliebt hat? Warum sie sich von ihm getrennt hat? Hat das Geld oder gar die Liebe für eine Heirat gefehlt? Ich weiß nur, dass sie sich in Weistrach kennengelernt haben, weil sie beide beim gleichen Bauern angestellt waren. Meine Mutter hat dort gekündigt. Da ist sie schon schwanger mit mir gewesen und hat dann in Aschbach beim Aubauern als Magd angesucht. War etwa die neue Arbeit der Grund? Vielleicht haben ja dort die Bauersleute gesagt: „Wennst das Kind hergibst, kriegst die Arbeit!"

Hat mich meine Mutter deswegen weggeben müssen, weil die Bauern in Aschbach gesagt haben, ein Kleinkind würde sie nur von der Arbeit abhalten? Oder war es die Schande, weil ich ein außereheliches Kind gewesen bin? Oder hat sich meine Mutter einfach gedacht, bei Großmutter wird es mir schon gut gehen? Vielleicht hat sie ja so ihr Gewissen beruhigt!

Oder war doch Geld im Spiel? Der leibliche Vater ist ja mit meiner Überstellung nach Kürnberg fein aus der Sache raus gewesen! Der hat keinen Unterhalt mehr für mich zahlen müssen! Und seine Mutter, meine Großmutter, hat meines Wissens nie Geld für mich verlangt. Auch das ist verwunderlich, weil damals hat dich niemand umsonst durchgefüttert.

Ich werde nie erfahren, was die wahren Gründe meiner Mutter gewesen sind. Leider habe ich mich im Nachhinein nie getraut, sie zu fragen. Es ist mir aber lieber, dass ich es nicht weiß. So hätte ich sie vielleicht mehr verurteilt.

3.
Sepp
–
Der Besuch mit einem unerwarteten Anliegen
(1931)

Eigentlich hätte es meinen Bruder Hans erwischen sollen. Mit viereinhalb war der nämlich eineinhalb Jahre älter als ich. Was sich genau abgespielt hat, weiß ich nicht mehr, aber wahrscheinlich hat es sich so zugetragen:

Frau Anna Fügerl, die Mutter meiner Mutter hat in Hiesbach im Gansberg gelebt. Früher hat man „Großmuata“ und nicht „Oma“ gesagt. Aber jetzt haben wir nicht mehr früher, deswegen sage ich jetzt einfach Oma Gansberg.
Die Oma Gansberg ist auf einen ihrer seltenen Besuche ins Stoa gekommen. Meine Eltern haben damit überhaupt nicht gerechnet, weil das Wetter an dem Tag sehr schlecht gewesen und kaum einer aus dem Haus gegangen ist. Mit den Pferden hätte die Oma Gansberg fast vier Stunden gebraucht! Auf den Schotterstraßen war es besser, mit dem Fahrrad zu fahren, so wie es meine Oma an jenem Herbsttag getan hat. Vermutlich wird der Wind ordentlich geblasen haben, vielleicht hat es geregnet oder gar geschneit, aber wie ich die Oma Gansberg gekannt habe, hat sie kein Wort über das schlechte Wetter verloren. Früher haben die Leute sowieso mehr ausgehalten! Und die Oma Gansberg war eine richtig raue Nuss! Nach innen eine gute Seele, aber nach außen hin beinhart. Eine, die immer gewusst hat, was sie will. Und die

es meistens dann auch gekriegt hat.
So wird sie ins Stoa marschiert sein, und anstatt ihre Tochter zu umarmen – sie haben sich ja immerhin ein Jahr lang nicht gesehen – wird sie nach dem „Griaß Gott“ gesagt haben:
„Geh…, du hast doch eh fünf Buben[5]! So lass mir doch auch einen für das Gansberg!“ So kleine Buben waren ja Zukunftsaktien, die später am Hof die harte Arbeit übernehmen haben können. So hat man sich den einen oder anderen Knecht erspart. Die Oma Gansberg hat eben nur einen Enkel im Haus gehabt, den Sepp, der mit seinen knapp fünf Jahren auch noch keine große Hilfe gewesen ist. Außerdem war das eine sehr wackelige Geschichte mit ihm. Denn Sepps Mutter Lena ist damals nicht verheiratet gewesen, und es war sehr unsicher, wie lange die beiden noch im Haus bleiben würden. Stell dir vor, da setzt Oma alles auf die Sepp-Karte, und plötzlich lernt die Lena einen Mann zum Pferdestehlen kennen, und schon ist die Lena mit der Zukunftsaktie weg!

Falls sich meine Mutter geweigert hat[6], wird meine Oma nicht locker gelassen haben.
„Aber mein Kind, versteh’ doch! Wir brauchen eben die Arbeitskräfte. Wir haben doppelt so viele Kühe wie ihr, und auch unser Grund ist bei weitem größer als eurer!“
„Ja, aber du hast doch eh noch den Toni und den Karl“, wird meine Mutter erwidert haben. Oma Gansberg hat mit ihrem Mann acht Kinder gehabt, eben nicht nur die Lena. Zwar waren schon viele verheiratet oder woanders als Knecht oder Magd

[5] 1930 und 1931 hat meine Mutter zwei weitere Kinder geboren: Franz und Toni.

[6] Da bin ich mir nicht ganz sicher, weil sie eine äußerst gutmütige Person gewesen ist, die jedem alles recht machen hat wollen.

untergebracht. Aber drei haben mit ihnen im Haus gelebt. Die Lena mit ihrem unehelichen Sohn Sepp, der Karl und der Toni, die mit ihren vierzehn und vierundzwanzig Jahren ja tatkräftig in der Wirtschaft am Gansberg mitgeholfen haben.
„Ja, aber die werden ja auch nimmer ewig bleiben! Außerdem hätt's der Hans doch viel besser bei uns! Ihr habt's fast nur Steine am Hang, auf Sicht könnt ihr unmöglich eine Großfamilie ernähren! In diesen schlechten Zeiten kannst froh sein, wenn du einen weniger durchfüttern musst..."
Ich glaube schon, dass die Oma Gansberg es gut mit dem Hans gemeint hat. Sie hat gewusst, dass es ihm bei ihr wirklich besser gehen würde. Aber sie hat auch auf ihre eigene Haut und ihren eigenen Hof geschaut.

Und als sich meine Mutter endlich dazu durchringen hat können, ihren Hans herzugeben, hat der zu „plärren" angefangen. Als hätte er gespürt, dass das für ihn kein Eintagesausflug werden würde. Da hat kein Betteln, kein Zerren und kein Ziehen geholfen – mein Bruder Hans hat wie am Spieß geschrien und sich an der Schürze meiner Mutter festgeklammert. Nie und nimmer wäre er mit der Oma Gansberg mitgegangen.

Naja, und jetzt kommt's. Ich bin neben dem Hans gestanden. Ich bin ein braves Kind gewesen. Ich habe nicht geweint. Und da sie mir auch noch Schokolade angeboten haben, bin ich mit meinen drei Jahren Hand in Hand mit Oma ins Gansberg nach Hiesbach gegangen.

So hart meine Oma hat sein können, um den Sepp und mich hat sie sich gut gekümmert. Sie hat mich immer fair behandelt. Daher habe ich es im Gansberg gut gehabt, damals, als sie noch am Leben gewesen ist. Natürlich hat es auch einmal die eine oder andere Ohrfeige gegeben. Hauptsächlich vom Onkel Toni, der sehr von dieser Erziehungsmethode überzeugt gewesen ist. Meistens habe ich die Ohrfeige auch verdient, weil wir (der Sepp und ich, meistens aber ich) was angestellt haben. Wegen Sachen, die eben Kinder in diesem Alter anstellen. Aber manchmal ist man auch unschuldig dazu gekommen. So wie das eine Mal, als wir fast das Haus abgefackelt hätten...

4.
Mitzi
–
Mein schlimmster Tag während meiner schönsten Zeit
(1937)

Tja, so schwer der Start für mich auch war, so schön habe ich es dann bei Großmutter im Oo-Häuserl (Kürnberg) gehabt. Fast sieben Jahre lang habe ich bei ihr gelebt, sie hat die Mutterrolle voll übernommen. Sie war meine erste und einzige Bezugsperson. Meine Großmutter war meine Mama. Sie hat eine große Nase und eine Gretchenfrisur (Gretlfrisur) gehabt, ihr Haar war

zu zwei Zöpfen geflochten, die quer über den Kopf gelegt und festgesteckt waren. Dadurch hat ihr Hinterkopf sehr flach gewirkt. Je älter sie geworden ist, umso mehr hat sie abgenommen, zum Schluss war sie fast so schlank wie ich. Ihre Haut ist durch die viele Arbeit in der Natur braun und trocken gewesen, am Ende ihres Lebens hat sie fast wie eine Indianerin ausgesehen.
Meine leibliche Mutter hingegen ist mir mehr und mehr fremd geworden. Einmal im Jahr hat sie mich besucht, das hätte sie sich aber auch sparen können! Unsere Beziehung ist dadurch nicht besser geworden. Natürlich war es für sie nicht einfach, das lange Stück von Aschbach nach Kürnberg mit dem Rad zu fahren, vor allem auch, weil ihre Arbeitstage sehr lang gewesen sind. Trotzdem kann sie sich glücklich schätzen, dass ich sie überhaupt noch als Mutter anerkannt habe. Aber gefühlt habe ich nichts mehr für sie. Noch schlechter war das Verhältnis zu meinem Vater. Ihn habe ich gar nie gesehen! Er hat in der Nähe meiner Großmutter gearbeitet und hätte jederzeit zu mir Kontakt aufnehmen können, wenn er gewollt hätte, was er aber nie getan hat.
Dafür hat sein jüngster Bruder bei uns gelebt. Der Onkel Karl. Er war vierzehn Jahre alt, als ich nach Kürnberg gekommen bin. Der ist so was wie mein großer Bruder und Ersatzvater in einem geworden. Und wenn ich nach Süßigkeiten verlangt habe, war er mein spendabler Onkel!
Großmutter hat aber nicht nur drei Söhne[7] gehabt, sondern schon 1911 eine außereheliche Tochter namens Theresia geboren. Das Mäderl war von Geburt an behindert, sie hat weder reden noch laufen können und ist die meiste Zeit in ihrem Bett gelegen, sie war zeitlebens ein reiner Pflegefall.

[7] Der mittlere Sohn, David, hat in Biberbach gelebt.

Und noch jemand war bei uns im Haus: Mein Urgroßvater. Leopold Hirtenlehner. Er ist Zimmermann gewesen. Während meiner Zeit bei Großmutter hat er nicht mehr arbeiten und kaum noch gehen können und sich hauptsächlich im Bett in der Stube ausgerastet.

Wir haben also zu fünft in dem Oo-Häuserl gelebt. Es war wirklich mehr ein Häuserl als ein Haus. Vor ein paar Jahrhunderten ist der Keller und der angrenzende, kleine Stall aus rundlichen Steinen erbaut und der Rest mit Holzpfosten aufgebaut und auch mit Holz ausgekleidet worden. Es hat eine schwarze Küche gegeben, die wir nicht mehr benutzt haben, weil man mit dem offenen Feuer hätte hantieren müssen. Der Raum ist leer gestanden, wir haben ihn zum Fleischselchen verwendet. Auch einen Brotbackofen haben wir gehabt, der sich aber nicht mehr fürs Backen rentiert hätte. Zum Wohnen sind uns nur drei Räume geblieben: Der Dachboden, ein Kammerl aus Holz, in dem mein Onkel Karl gelebt hat, das Schlafzimmer (= Stüberl), in dem der Urgroßvater und ich geschlafen haben, und die Stube. In der Stube sind ein Tisch, eine Eckbank, zwei Sessel und das Bett meiner Großmutter und das von Theresia gestanden. Früher waren die Betten aus Holz. Mit ihren ein Meter achtzig sind sie viel kürzer gewesen, als sie es heutzutage sind. Außerdem ist man deutlich höher gelegen. Wir haben nicht auf Matratzen sondern auf Strohsäcken geschlafen. Meine Großmutter hat gerne viel Stroh eingefüllt, weil es ohnehin nachgegeben hat. Ich habe meinen Sack weniger voll gemacht, weil ich mit meinem geringen Gewicht sonst zu sehr eingesunken wäre. In der Stube waren noch ein Ofen zum Kochen, ein Schubladenkasten, eine Petroleumlampe und eine Karbidlampe, die am Abend ein besonders schönes Licht erzeugt hat.

Ehrlich gesagt, habe ich das Haus gemocht, auch wenn es schon sehr alt war. Mir hat das enge Zusammenleben gefallen, ich habe mich wohlgefühlt und gerne drinnen gelebt.

Das gute Gefühl an diese Zeit ist geblieben, aber leider erinnere ich mich gerade an einen Vormittag, den ich liebend gern vergessen hätte. Damals, als ich sechs Jahre alt war. Dabei hat der Tag eigentlich recht lustig angefangen. Es war Altweibersommer, und der Wind hat die Blätter auf der Wiese dahergewirbelt. Meine Großmutter hat zum ersten Mal ihr braun gemustertes Kopftuch getragen und ist bereits früh aus dem Haus gegangen. Mein Onkel Karl hat aus der Werkstatt eine Hacke geholt, sie vorm Haus abgestellt und sich danach in der Stube umgezogen. Und ich? Ich habe mich von draußen gegen die Tür gelehnt und die beleidigte Leberwurst gespielt. Bestimmt habe ich vorher irgendetwas von meinem Onkel haben wollen (wahrscheinlich wieder etwas Süßes[8)]), und er wird ausnahmsweise einmal „Nein" gesagt haben, was nur selten vorgekommen ist. Denn von ihm habe ich fast alles gekriegt, kaum einen Wunsch hat er mir ausschlagen können.
„Robnviech Karl, Robnviech Karl", habe ich ihn sekkiert und wild gegen die Tür gedroschen. Ich habe gewusst, das mag er nicht. Lange habe ich nicht warten müssen, ist der Karl aus der Stube herausgestürmt.
„Na warte, wenn ich dich erwische..." Von einer Sekunde zur anderen ist er vor mir gestanden, nur in Unterwäsche! Unsere rot gefleckte Hauskatze hat sich an seine nackten Füße geschmiegt.

[8)] Kipferl ohne Zuckerbrösel, Schnitten, eine kleine Tafel Schokolade (haben damals 50 Groschen gekostet) oder Zuckerl, die man im Kaufhaus aus einem Glasbehälter auswählen hat können.

Das hat so komisch ausgesehen, dass ich loslachen hab' müssen. Doch als ich gesehen habe, dass er seine Jacke vom Kleiderständer nimmt und es ihm ernst ist, ist mir das Lachen vergangen. Schnell bin ich den steilen Hang hinaufgelaufen, der Großmutter entgegen! Ich habe flinke Beine gehabt, aber der Karl noch schnellere. Als er mich eingeholt und am Kragen gepackt hat, habe ich wie am Spieß geschrien.
„Müsst ihr euch dauernd streiten?", hat die Großmutter gefragt. Sie hat einen geflochtenen Korb in der Hand gehabt, weil sie nach Schwammerln gesucht hat. Um diese Zeit sind sie nur so aus der Erde geschossen und Großmutter hat rasch einen Korb voll mit Eierschwammerln und Steinpilzen gehabt. Sie hat daraus die feinsten Delikatessen gekocht. Von Eierschwammerlgulasch bis hin zu panierten Steinpilzen oder Grießsterz mit Steinpilzen („Püssn"). Den Rest hat sie als Vorrat für den Winter getrocknet, weil wir gar nicht alles auf einmal essen haben können.
„Karl, du hättest mir doch beim Holzhacken helfen sollen!" Mein Onkel hat mich sofort losgelassen, und ich hab' ihm die Zunge gezeigt.
„Ich hab' die Hackn schon g'holt gehabt, da ist ..."
„Und wo ist sie jetzt? Und deine Hose? Zieh dich sofort an! Oder willst du dir eine Lungenentzündung holen?" Weiter oben hat Großmutter in dem Augenblick zwei Schwammerl entdeckt. Wir haben gewusst, wenn sie sich wegdreht, ist das Gespräch mit ihr vorbei. So ist Karl nichts anderes übrig geblieben, als sich auf den Weg zu Hose und Hacke zu machen, und mir hat gefallen, ihm nachwinken zu können. „Und du, Dirndl", als hätte es Großmutter geahnt, was sich hinter ihrem Rücken abgespielt hat, „sei brav und geh mit dem Chipsy spielen."
Na, das war mir eine Bestrafung! Mit unserem Hund spielen gehen müssen! Großmutter hat gewusst, dass sie mich damit

immer ködern hat können[9].
Chipsy war mein wichtigster Spielkamerad. Da ich keine Nachbarskinder besuchen hab' dürfen und ich Kinder höchstens in der Kirche gesehen habe, habe ich unseren Hund vergöttert. Er war mein Ein und Alles! Er hat braunes, wuscheliges Fell gehabt und war von der Größe her unauffällig. Ich weiß nicht mehr, welche Rasse er war. Wahrscheinlich war er ein Mischling. Aber niemals werde ich seinen Namen vergessen: Chipsy!
Und wie oft ich ihn eingekleidet habe! Am liebsten habe ich ihm ein Leibchen angezogen. Naja, einmal habe ich ihm auch ein Kleid übergestreift. Wir haben Schule gespielt, und er hat brav am Schemel sitzen müssen. Auf zwei Füße habe ich ihn auch gerne gestellt. Vielleicht, um aus ihm einen Freund auf zwei Beinen zu machen, vielleicht aber auch nur, weil es Spaß gemacht hat. Die Großmutter hat mich da immer lassen, ich habe ihm ja nie Schlimmes getan, dazu habe ich ihn viel zu gern gehabt.

Aber an diesem Vormittag habe ich eine weitaus bessere Idee gehabt. Da es am Vortag geregnet hat, sind drei große Wasserlacken vor unserem Haus gewesen. Ich habe nach Chipsy gerufen, der sofort zu mir gekommen ist, und wir beiden haben darum gestritten, wer als Erster in die Lacke springen darf. Immer wieder sind wir hineingesprungen, haben gelacht und gebellt und so getan, als würden wir darin baden.

Gerade, als es langweilig geworden ist und ich nach Großmutter gesucht habe, habe ich einen Schrei aus dem Inneren des Hauses gehört. Die Großmutter, sonst eine recht ausgeglichene Frau, ist mir im Vorhaus entgegengelaufen. Beinahe wäre sie über den

[9] Sie hat auch gewusst, dass sie dann mit Karl in Ruhe ihre Arbeit machen kann.

Korb mit den Schwammerln gestolpert! Dann hat sie mir in aller Eile gesagt, dass ich brav vor dem Haus warten soll, weil mein Urgroßvater einen Schlaganfall hat. Sie müsste geschwind in den Wald laufen, um Karl zu holen, der schon am Holzmachen war.

Ich habe mit Großmutter mitwollen, weil ich mich gefürchtet habe. Ich habe ja nicht gewusst, was ein Schlaganfall ist! Und vom Vorraum aus habe ich nur Urgroßvaters Füße gesehen, wie sie sich abgewinkelt und gekrümmt Richtung Küchentisch gestreckt haben. Auf seinem linken Fuß ist ein brauner Holzpantoffel gesteckt, der andere ist unter dem Tisch gelegen. Mehr habe ich von Urgroßvater nicht gesehen, weil mich die Großmutter nicht nachschauen hat lassen. Sie hat mich am Arm gepackt und nach draußen gezogen. Dort hat sie mich auf einen großen Stein gesetzt und mir eine Mundharmonika in die Hand gedrückt. Dann habe ich einfach zu spielen begonnen, aber wohl nur irgendwelche Töne herausgebracht. Wahrscheinlich bin ich einfach nur auf und ab gefahren auf meinem „Mundhammerl". Ich hab' ja nicht spielen können!
Ich bin also draußen am Stein gesessen, während der Urgroßvater im Haus am Boden gelegen ist. Ich war so fertig, dass ich gar nicht auf die Idee gekommen bin, mich mit dem Hund abzulenken. Mir ist nur in Erinnerung geblieben, dass es eine Ewigkeit gedauert hat, bis Großmutter vom Wald zurückgekommen ist.

Karl ist schnell nach St. Peter in der Au gefahren, um den Arzt zu holen. Das liegt mehr als sieben Kilometer von Kürnberg entfernt, sodass er das Rad genommen hat. Nicht ein leichtes, sportliches Gangfahrrad, wie es sie heutzutage gibt. Es war ein schweres Eingangrad ohne Freilauf, man hat also nur durch Gegendruck auf die Pedale bremsen können. Auf der Geraden ist man da schon flott vorangekommen. Wir leben aber im Alpenvorland, und so was wie eine Gerade oder ein Flachstück gibt es da nur sehr selten. Deswegen hat es fast eine Stunde gedauert, bis der Karl endlich mit dem Arzt aufgetaucht ist. Ob ich da noch Mundharmonika gespielt habe oder am Stein gesessen bin, kann ich nicht mehr sagen. Was ich schon noch sagen kann ist, dass der Arzt nur noch den Tod meines Urgroßvaters feststellen hat können.

Wie die anderen Kinder habe auch ich mit sechs Jahren in die Schule gehen müssen. Schon lange vor dem ersten Schultag habe ich mich davor gefürchtet, und es ist viel schlimmer gekommen, als ich es mir vorgestellt habe. Früher ist man nicht mit dem Auto oder dem Bus hingebracht worden, früher hat man alles zu Fuß gehen müssen. Ein zwei Kilometer langer Schulweg für ein sechsjähriges Mädchen, noch dazu ohne Begleitung! Großmutter und Karl haben unmöglich die Zeit dafür aufbringen können. Und auf Hilfe der Eltern habe ich sowieso nicht bauen können. Die haben vielleicht gerade mal gewusst, dass ich schulpflichtig geworden bin!
Großmutter hat mir den Schulweg bei unseren sonntäglichen Kirchbesuchen erklärt. So bin ich auf einem Waldweg einen flachen Hang hinaufmarschiert. Der Anstieg hat sich ewig dahingezogen, weil es eine endlose Gerade war. Nach einer halben Stunde habe ich die Schule erreicht, die nicht weit von der Kirche entfernt am Rand von Kürnberg neben drei Kaufhäusern gestanden ist.
Ich erinnere mich nicht mehr, wie ich das Gebäude betreten habe. Ob ich am Schulweg andere Kinder getroffen habe. Ob ich als eine der Ersten oder eine der Letzten in die Klasse gekommen

bin. Aber eines werde ich nie vergessen: Wie lange ich die Bank angestarrt habe, in die ich schlussendlich rein hab' müssen! Es ist eine Holzbank gewesen, wie man sie heutzutage häufig in Kirchen findet. Sie war dunkelbraun, nicht glatt geschliffen, beim Niedersetzen hat man genau hinschauen müssen, um sich keinen Schiefer einzuziehen. Vermutlich war also mein Hintern der Einzige, der sich gefreut hat, dass ich nun vor dieser Bank gestanden bin und partout nicht hineingewollt habe! Ich habe solche Angst vor den Kindern gehabt! Ich bin ja nirgendwo herumgekommen und habe außer Chipsy keine Freunde gehabt. Ich habe überhaupt keinen Kontakt zu anderen Leuten außer zu Karl und zu Großmutter gehabt. Da war es klar, dass mir Kinder einfach fremd waren. Ich bin da so lange davor gestanden, bis mich der Lehrer Hörman gepackt und mich zum Niedersetzen gezwungen hat. Das ist so abrupt gegangen, dass ich mich gar nicht wehren hab' können und sofort weitere Kinder nachgedrängt haben, sodass ich bis in die Mitte habe rutschen müssen. Mein Hintern hat sich also zu früh gefreut!

Mit den Kindern ist es in den nächsten Tagen besser, viel besser geworden. Andere Kinder waren gar nicht so schlimm, wie ich es mir vorgestellt habe. Ich habe gelacht und geblödelt, so ähnlich, wie ich es mit Chipsy getan habe. Mit Kindern habe ich also keine Schwierigkeiten mehr gehabt. Dafür habe ich nun ein anderes, viel größeres Problem in der Schule gekriegt. Ein Unterrichtsfach, das mir ganz viel Kopfzerbrechen bereitet hat: Das Lesen. Ich habe keine Ahnung warum, aber ich habe einfach nicht lesen wollen! Weder in der Schule, noch zuhause. Großmutter hat vor lauter Arbeit keine Zeit gehabt, mir klarzumachen, wie wichtig es für mich wäre. Ganz zu schweigen davon, dass sie es mir beigebracht hätte. Ich bin mir nun nicht einmal sicher, ob Großmutter oder der Karl überhaupt lesen haben können, aber vermutlich schon. Es wäre alles anders gekommen, wenn die beiden mich mehr dazu angeleitet hätten. Denn wären meine Noten in Lesen besser gewesen, wäre mein Leben völlig anders verlaufen...

5.
Sepp
–
Feuer und Rute
(1935 oder 1936)

Ich weiß noch genau, dass es an einem Vormittag passiert ist und ich sieben oder acht Jahre alt gewesen bin. Auf einmal ist der Sepp vom oberen Stock runtergelaufen und hat panisch geschrien, dass es brennt. Das hätte er mir gar nicht sagen müssen, denn als ich hinein bin, hat das ganze Haus nach Rauch und Ruß gestunken, und gesehen habe ich den Sepp auch erst, als er mich beinahe umgerannt hätte.

Der Sepp hat gemeint, wir sollten das Feuer selbst löschen.

„Spinnst du!", habe ich gesagt. „Wir brauchen den Toni!" Obwohl ich jünger als er gewesen bin, war mir klar, dass wir uns nicht selbst als Feuerwehrmänner versuchen sollten.

„Der Toni ist doch irgendwo am Feld!", hat mich der Sepp angeschrien. „Bis der da ist, ist das Haus abgebrannt!" Er hat mich an der Hand in Richtung Treppe gezerrt, doch ich habe mich wieder losgerissen.

„Du kannst ja hinauflaufen. Ich hole den Toni!"

„Du Idiot!", hat er mir hinterhergerufen. „Der Toni sagt doch selber immer, wir sollen endlich erwachsen werden. Oder bist du noch ein Baby?"

Normalerweise hat er mich mit der Babysache herumgekriegt, aber so viel habe ich schon als 8-Jähriger kapiert, dass ein Feuer in einem Haus voller Stroh nicht von zwei Kindern gelöscht werden kann. Die Wände des Hauses und des Stalls waren zwar gemauert, aber die Decken vollständig aus Holz und morsch genug, dass es rasch lichterloh hätte brennen können.

Während der Sepp es auf eigene Faust versucht hat, habe ich den Toni geholt, der nicht am Feld, sondern hinter dem Haus gewesen ist. Toni hat nach der Oma gerufen, doch die hat ihn nicht gehört. Deswegen ist der Toni mit mir alleine ins Haus. Wir haben gesehen, wie Sepp in der Küche gestanden ist und Wasser in ein Lavoir laufen hat lassen. Onkel Toni hat uns befohlen, Kübel zu holen und die mit Wasser anzufüllen, während er sich das Lavoir geschnappt hat und über die Treppe nach oben gelaufen ist. Sepp und ich haben die Kübel voll gemacht, und Toni ist mit ihnen nach oben und hat die Ladungen über das Feuer geschleudert. Toni hat bestimmt achtmal über die Treppe rennen müssen, ehe die Flammen gelöscht waren.
Tja, das Haus war gerettet, aber nicht der Sepp und ich! Denn wir sind nun unserem Onkel Toni gegenübergestanden. Und der hat sich mit einem Schlag vom Feuerwehrmann zum Scharfrichter verwandelt.
„Wer hat das Bett angezündet?“, hat er gebrüllt. Streng hat er geschaut, das kannst du glauben, und eingeschüchtert hat er uns auch! Da ich nicht genau gewusst habe, ob der Sepp etwas damit zu tun hat und ich ohnehin keiner war, der was gesagt hätte, habe ich den Mund gehalten. Der Sepp hat das mit dem Mundhalten nicht so genau genommen.
„Er war's!“, hat mein Cousin auf mich gezeigt.
So schnell habe ich gar nicht Einspruch erheben können, schon habe ich die erste Ohrfeige eingefangen! Onkel Toni ist ja gerne schnell zur Urteilsverkündung gekommen. Während er gleich die ganze Strafe vollstreckt hätte, ist die Oma hinzugekommen und

hat besorgt gefragt, was denn passiert ist.
„Der Sepp hat das Strohbett angezündet", hat sie der Onkel Toni aufgeklärt. „Vollkommen abgebrannt ist es! Wir haben Glück gehabt, dass wir jetzt nicht ganz ohne Haus dastehen!" Der Toni hat auf mich gezeigt, der Sepp hat genickt. Ehrlich gesagt, hat es nicht gut für mich ausgeschaut!
„Ich war's aber nicht...", habe ich mich verteidigt. „Dieses Mal wirklich nicht!"
Onkel Toni hat mir mit einer weiteren Ohrfeige zu verstehen gegeben, dass ich nicht mit dem Reden dran bin. Es war ja auch schwer zu glauben. Mein Cousin war halt immer der Brave, jetzt war bei solchen Dingen automatisch ich der Verdächtige.
„Aber er war doch die ganze Zeit bei mir", hat die Oma gesagt, „der kann's nicht gewesen sein. Den Sepp aber", sie hat auf meinen Cousin gezeigt, „habe ich zum Aufbetten hineingeschickt. Der hat heute Früh ja wieder einmal darauf vergessen..."
Der Sepp ist rot angelaufen. Das hat dem Toni genügt, um ihn zu überzeugen. Im Nachhinein denke ich, hat der brave Sepp das Bett angezündet, um auch einmal was Schlimmes gemacht zu haben. Damit das bei dem einen Male bleibt, hat er als Strafe eine Stunde lang auf einem Holzscheit knien müssen[10)].

Wie gerne ich mit meinem Cousin (dem Sepp) gerauft habe! Das war ein Spaß! Er hat sich so leicht in den Schwitzkasten nehmen lassen! Obwohl er fast zwei Jahre älter als ich gewesen ist. Ich war aber schon als Kind groß gewachsen und kräftig und er der zierliche Blondschopf, daher habe ich locker mit ihm mithalten

[10)] Man hat so lange knien müssen, bis man gefleht hat, es nie wieder zu tun. Ist man stur geblieben, hat die Strafe sehr lange gedauert, falls man den Schmerz in den Knien ausgehalten hat.

können. Und wilder als er war ich auch. Wenn ich einmal eine „ausgfosst hob“, hat's mich auch nicht gestört. Ihn schon. Der Oma Gansberg war unsere ständige Rauferei „zbled“. Sie hat uns immer wieder mit den Krampussen gedroht. Ich glaube, im Nachhinein würde sie das wieder zurücknehmen, denn nur wenig später hat es wirklich was mit den Krampussen gegeben. Und das hat tragisch geendet.

Am 5. Dezember sind viele Burschen als Krampusse verkleidet unterwegs gewesen, um sich auszutoben. Meistens hat es um diese Zeit schon um die minus zwanzig Grad gehabt, sodass sie weite Wege im tiefen Schnee zurücklegen haben müssen, um endlich zu Häusern und Kindern zu kommen. Deswegen denke ich, dass sie früher ein bisschen härter zugeschlagen haben, als Ausgleich für ihre Strapazen.

Oma Gansberg und die Lena haben in der Küche das Abendessen hergerichtet, Onkel Toni und Onkel Karl Holz in den Kamin gelegt, und Sepp und ich haben in der Stube gespielt (meinetwegen „gerauft“), als es plotzlich geraschelt hat. Wir haben beobachtet, wie dünne Zweige gegen die Fenster geschlagen worden sind und dabei Eiszapfen von der Dachrinne zu Boden gekracht sind. Obwohl der Schnee die Geräusche gedämpft hat, hat man Glocken und Schreie laut und deutlich in die Stube hereingehört. Das ist eine Weile so gegangen, bis es vollkommen still geworden ist. Außer dem Knistern des Kaminfeuers hat man nichts mehr gehört. Der Sepp, eh eher ein Ängstlicher, hat mich gefragt, ob sie endlich weggegangen sind. Ich habe ihn aufziehen wollen, dass sie nur verschwunden sind, um ihre Freunde und größere Ruten zu holen, als die Tür aufgegangen ist und vier Krampusse hereingekommen sind. Aufgrund der schweren Kopfmasken mit

den langen, roten Teufelshörnern haben sich die beiden größeren ducken müssen, um nicht an der Decke anzustoßen. Auf die Idee, sich ihre Gummistiefel auszuziehen, sind sie nicht gekommen, der ganze Holzboden ist dadurch nass geworden. Die Krampusse haben sich den Schnee von ihrem braunen Kostümfell abgeschüttelt. Sepp hat diesen einen Moment genutzt, um ein paar Schritte zurückzuweichen und sich hinter mir zu verstecken. Onkel Toni und Onkel Karl haben zu uns herübergegrinst. Wir haben gewusst, dass sie uns nicht helfen würden.
„Wir haben gehört, dass ihr aufs Beten vergessen habt!", hat ein Krampus gerufen. Ich habe nicht darauf reagiert, aber der Sepp hat aus Angst den Fehler gemacht, davonrennen zu wollen. Die Krampusse haben sich auf ihn gestürzt und ihn mit lautem Getöse in den Schnee hinausgezerrt. Je mehr er gebrüllt hat, desto mehr haben sie ihren Spaß mit ihm gehabt. Sie haben ihn in den Schnee gesteckt, auf ihn mit den Ruten eingeschlagen und vor allem laut dabei gelacht.

Ich bin wie versteinert stehen geblieben und habe nichts gesagt. Oma und Lena haben uns vom Küchenfenster aus beobachtet. Eine Weile lang haben sie gar nichts gemacht und nur zugeschaut. Irgendwann haben sie sich doch seiner erbarmt und sind zum Sepp hin, der zitternd im Schnee gelegen ist, in krummer Haltung, ohne sich zu rühren. Erst dann haben sie die Krampusse verscheucht.

Lena hat den Sepp in die Stube getragen, um ihn aufzuwärmen. Seine Hände und Füße waren voll mit kleinen Schnitten. Über Nacht hat er starke Hustenanfälle und Fieber bekommen und hat ins Krankenhaus eingeliefert werden müssen. Und damals ist man nicht so schnell in ein Krankenhaus gegangen. Da hat es schon um Leben und Tod gehen müssen. Und bei Sepp ist es um Leben und Tod gegangen. Die Diagnose hat gelautet: Schock und eine Grippe. Nachdem sich sein Zustand verschlimmert hat, ist daraus eine starke Lungenentzündung geworden. Sepp ist in ein Delirium gefallen, und die Ärzte haben drei Tage lang um sein Leben gekämpft… .

Ein Jahr später ist mir das Gleiche passiert. Nur hat es dieses Mal keinen Sepp gegeben, der die Aufmerksamkeit der Krampusse auf sich gelenkt hätte, sondern nur mich. Ich bin von drei Maskierten an den Füßen gepackt und hinausgezogen worden. Dabei habe ich meine Holzsandalen verloren, sodass ich barfuß im Schnee gelandet bin.
Trotz ihrer Verkleidung habe ich anhand ihrer Stimmen erkannt, mit wem ich es zu tun habe.
Mit mir ist es sicher nicht so lustig gewesen, da ich ihnen nicht den Gefallen getan habe, vor Angst zu schreien.
„Mir ist in den Füßen kalt“, habe ich ganz ruhig gesagt. Das war allerdings dumm von mir. Nun haben sie nämlich auf meine Zehen und Waden eingeschlagen, was mehr weh getan hat, als davor die Schläge auf den Rücken und die Schulter.
„Und, schon wärmer?“, haben sie gelacht.
„Schlagt mich so viel ihr wollt“, habe ich gesagt, „aber wenn ich mir eine Lungenentzündung hole, werde ich euch verpetzen. Ich weiß genau, wer ihr seid!“
Zwei von drei Krampussen haben mit meinen Worten nichts anfangen können, aber beim dritten haben sie gewirkt. Dieser hat den anderen beiden etwas ins Ohr geflüstert. Etwas, was sie überzeugt hat, mich in Ruh’ zu lassen. Erleichtert darüber bin ich ins Haus gelaufen und habe mir dicke, selbstgestrickte Wollsocken angezogen, die ich im Vorjahr zu Weihnachten von Oma

bekommen habe[11]. Dann bin ich die Treppe hinaufgerannt, hinüber ins Schlafzimmer, wo ein neues Strohbett und Brandmale am Boden an Sepps kurze Brandstifterkarriere erinnert haben.
Ich habe mich hingelegt und unter das Bett geschaut.
„Ich bin's", habe ich geflüstert. „Ich hab' dir eine Geschichte zu erzählen."
Sepp, der sich nach überstandener Lungenentzündung an jedem 5. Dezember gut versteckt hat, hat mir gespannt zugehört.

[11] Zum Glück bin ich gesund geblieben und habe mir den Weg in ein Krankenhaus erspart!

6.
Mitzi
–
Die Krux, nicht lesen zu können, verändert meine Welt
(1938)

Bin ich froh gewesen, dass meine ersten Sommerferien begonnen haben und ich endlich nicht mehr lesen hab' müssen! Die freie Zeit habe ich genutzt, um so viel wie möglich mit meinem Hund zu spielen. So auch an jenem letzten Donnerstag im Juli, als ich mit Chipsy auf unserer Wiese herumgerannt bin. Wir haben Spaß mit Flugzetteln gehabt, die von Fliegern abgeworfen worden sind. Mein Hund und ich haben um die Wette Zettel gefangen. Gegen Chipsy habe ich natürlich keine Chance gehabt. Am Ende unserer Kräfte habe ich das Papier zusammengeklaubt und einen Blick darauf geworfen. Ich habe nicht lesen können, was drauf steht, aber den Namen Hitler habe ich gerade noch entziffern können. Da es unsere Wiese gewesen ist, wo wir das Futter gemäht haben, habe ich die Zettel mit gutem Gewissen nachhause getragen. Endlich würde ich daheim Papierflieger basteln können, wie ich es sonst nur in der Schule hab' machen können.

In Windeseile sind Chipsy und ich nachhause gerannt, weil ich dringend aufs Klo hab' müssen. Das Klogehen ist früher weniger lustig gewesen, deswegen habe ich es gerne ein wenig hinausgeschoben. Dieses Mal ist für Hinausschieben keine Zeit mehr geblieben!

Bei Großmutter hat es kein Plumpsklo sondern ein Schaffel gegeben, das einen Deckel zum Zuklappen gehabt hat. Damit sich alle darauf niedersetzen haben können, ist der Rand etwas breiter gewesen. Wenn das Schaffel halb voll war, ist es mit Wasser angefüllt worden. Und wie ein Koch eine Suppe mehrmals umrühren muss, hat die Großmutter...
Und dann hat sie immer nach Karl gerufen. Der hat dann Stecken durch die zwei Löcher eingefädelt, und schon haben die beiden das Schaffel auf die Wiese zum Ausleeren tragen können. Zum Glück war ich mit sechs Jahren für die Rolle des Kochs noch etwas zu schwach!
Als ich mein Geschäft erledigt hatte und wieder spielen gehen wollte, habe ich beobachtet, wie eine Dame unseren Gehweg heraufgekommen ist. Ich habe sie sofort anhand ihres Kopftuches wiedererkannt! Sie hat eines aus Seide getragen, welches sich damals nur wenige haben leisten können. Und wie hätte ich die vielen, blauen Tupfer darauf vergessen können! Diese Dame war schon einmal vor einem Jahr bei uns gewesen! Die Großmutter hat mir aber damals nicht verraten, wer das ist.
Außer dem schwarzen Rock und der grauen Bluse habe ich nichts erkannt, zu weit war ich von ihr entfernt und zu schnell ist sie im Haus verschwunden. Dieses Mal habe ich wissen wollen, wer die Dame ist. Ich bin zum Küchenfenster gelaufen und habe mich klein gemacht. Im Sommer hat die Großmutter die Fenster am Nachmittag immer offen gelassen, weil wegen der Bäume Schatten auf unser Haus gefallen ist. So hat frische, kühle Luft durch die Zimmer wehen können. Ich habe mich unter das Fenster gehockt und gelauscht.
„Guten Tag!“, habe ich eine tiefe Stimme reden gehört. Wenn ich es nicht vorher anders gesehen hätte, hätte ich geglaubt, dass da ein Mann gesprochen hat.

„Was wollen Sie hier...?“, hat meine Großmutter gefragt. Ja, so war sie! Immer ein wenig harsch zu Fremden, das hab' ich an ihr gemocht.
„Also, wenn ich bitten darf... Sie sprechen mit einem Amtsträger der öffentlichen Hand!“
„Also, was wollen Sie?“ Bei meiner Großmutter hat die Dame auf Granit gebissen.
„Wir haben unlängst erfahren, dass Ihre Enkelin, für die Sie die Obsorge innehaben, große Probleme in der Schule hat.“
„Schwachsinn“, hat Großmutter erwidert, um zu ergänzen: „Ja, beim Lesen vielleicht ein wenig...“
„Ein wenig? Wir haben vor einem Jahr vereinbart, dass Ihre Enkelin nur dann bei Ihnen bleiben kann, wenn ihre schulischen Leistungen stimmen.“
„Sie hat doch gute Noten und nur ein schwächeres Fach...“
„Ein schwächeres Fach? Also bitte, durchgefallen ist sie, weil sie nicht lesen kann! Die Klasse muss sie wiederholen!“
Meine Großmutter ist zum Herd gegangen und hat ein Lavoir mit Wasser gefüllt. Sie hat sich damit beruhigt, Geschirr abzuwaschen. Die Dame von der Fürsorge hat zumindest jetzt ein wenig Gespür gezeigt und sie eine Weile in Ruhe gelassen. Dann hat sie es mit deutlich leiserer Stimme versucht.
„Frau Altenreiter. Ich kann Sie doch verstehen. Sie sind älteren Semesters und haben noch die Landwirtschaft zu betreuen. Da bleibt wenig Zeit für die schulischen Leistungen Ihrer Enkelin. Ein Kind braucht eben eine Mutter, die sich kümmert. Der Grund, warum ich eigentlich hier bin, ist der, Ihnen mitzuteilen, dass Ihre Enkelin zu Ihrer Mutter nach Aschbach zurück muss...“
Aus ihrem Blusentäschchen hat sie ein Blatt Papier hervorgeholt, Großmutter hat es rascheln gehört und sich zur Dame gedreht.
„Sie haben schon den Bescheid?“, hat meine Großmutter gefragt.

„Der sofort gültig ist..."
Großmutter hat sich von ihr weggedreht, aus dem Fenster geschaut und meine braunen Locken entdeckt. Dann hat sie sich weiter über die Abwasch gebeugt, um sich zu sammeln. Ich bin im Gras gesessen, die Tränen sind mir in die Augen gestiegen. Sie hat gewusst, dass ich alles mitangehört habe und ist zu mir herausgekommen.
„Mitzi, komm in die Küche", hat sie in strengem Ton gesagt, was mich endgültig zum Weinen gebracht hat.
„Aber ich will nicht...", habe ich trotzig geantwortet.
„Sofort!"
Ich habe gefolgt und bin in die Küche gekommen. Die Dame von der Fürsorge, die auf ihrem Hals zwei Warzen gehabt hat, habe ich ignoriert, indem ich sie einfach nicht angeschaut habe. Ich habe gespannt darauf gewartet, wie Großmutter das Problem beiseiteschaffen wurde.
Meine Großmutter hat mich an der Hand genommen, sich zu mir gebeugt und etwas gesagt, womit ich nie gerechnet hätte.
„Mitzi, du musst mit ihr mitgehen, sonst holen dich die Gendarmen!" Großmutter hat kommen sehen, dass ich ohne Drohung nie und nimmer mitgegangen wäre. Sie hat gewusst, dass ich gerne davonlaufe. Und sie hat auch gewusst, dass ich Angst vor Gendarmen habe. Und darum hat ihr Satz bei mir auch gewirkt. Nur eine Stunde lang hat die Dame von der Fürsorge meiner Großmutter Zeit gelassen, um meine Sachen zusammenzupacken. Ich hätte das damals schon selbst tun können, nur bin ich an dem Tag dazu weder in der Lage noch in Laune gewesen. Ich war wie gerädert. Mit geröteten Augen bin ich zu Chipsy gelaufen und habe mich fest an ihn geklammert. Vermutlich würde ich meinen besten Freund nie wiedersehen, genauso wie Großmutter! Und Onkel Karl würde ich auch nie wieder ärgern können!

Meine Welt ist in dem Moment zusammengebrochen!
Onkel Karl ist im Nebenraum gestanden und hat alles mitbekommen. Nach dem Knuddeln mit Chipsy war er plötzlich unauffindbar. Ich habe Großmutter gefragt, wo er denn ist. Sie hat mir gesagt, er hätte heute noch ganz viel im Wald zu arbeiten. Ich habe ihr das nicht ganz geglaubt und gedacht, es wäre ihm egal. Später habe ich von Großmutter erfahren, dass er den Abschied nicht ertragen hat können und geweint hat. Großmutter hat die Sache nüchtern gesehen. So war sie, meine Großmutter. Was hilft es zu jammern, wenn man eh nichts ändern kann? Und ich? Als mich die Dame von der Fürsorge an der Hand genommen hat, habe ich wie am Spieß gebrüllt! Meine Großmutter hat Chipsy zurückhalten müssen, weil er die Frau angeknurrt hat. Ich habe weitergeschrien und die Dame von der Fürsorge schnell zur Einsicht gebracht, dass ich ohne meine Großmutter nirgendswo hingehen würde. So hat auch Großmutter die Sachen packen müssen, hat Karl am Küchentisch eine kurze Nachricht hinterlassen und mich den Gehweg hinunter zur Schotterstraße begleitet, wo eine Kutsche auf uns drei gewartet hat. Es war wie vor sieben Jahren, nur dieses Mal habe ich alles bewusst mitgekriegt.
Schon wieder würde mich eine Kutsche von meinem Zuhause wegbringen.

7.
Sepp
–
Ich – der Raufbold in der Schule
(1937-1938)

Nach der Krampusgeschichte ist der Sepp noch braver geworden. Jetzt hat er sich überhaupt nichts mehr zugetraut. Daher habe ich auf ihn aufgepasst, dass er von den anderen Kindern keine „dafangt“, obwohl ich der Jüngere von uns beiden war. Wenn, dann habe ich ihm eine runterhauen dürfen, aber kein anderer.

Unser Schulweg war zweieinhalb Kilometer lang. Wie lange wir da gebraucht haben? Je nachdem, wie wir eben gegangen sind! In der Früh hat es flott gehen müssen, weil wir vorher noch im Stall geholfen haben, da haben wir für Blödsinn keine Zeit gehabt. Außerdem ist es da immer schön bergab gegangen. Da war man schnell in der Schule. Aber heimwärts, ja heimwärts haben wir immer viel getrödelt. Vor allem ich, der Sepp ist eh meist pünktlich heim. Ich habe Äpfel und Kirschen entlang des „Zeitlbochs“ gepflückt und gerne mit den anderen gerauft. Außerdem hat sich der lange Anstieg für mich furchtbar „zaht“. Daher habe ich oft eine Stunde oder länger gebraucht. Zuhause hat es dann geheißen: Kein Essen, viele Ohrfeigen und stundenlange Arbeit als Strafe. Da es egal war, wie viel später ich daheim aufgetaucht bin, habe ich schnell gelernt, erst abends heimzukommen. Denn das Essen ist mir sowieso gestrichen worden, die Ohrfeigen habe ich sowieso ertragen müssen, aber wenigstens habe ich mir die Arbeit erspart (dafür ist es dann zu spät gewesen).

In Hiesbach hat es nur einen kleinen Ortskern gegeben, der im Wesentlichen aus drei Häusern bestanden hat: Dem Gasthaus Hausberger, dem Haus des Schmieds und der Schule. Die Schule war ein eigenständiges, niedriges Gebäude und hat gerade genügend Platz für dreißig Kinder in zwei Klassenzimmern geboten. Acht Jahre lang habe ich den Unterricht mehr oder weniger regelmäßig besucht, unterbrochen vom Krieg und der vielen Arbeit zuhause, die ab 1938 Vorrang gehabt hat. Aber ich habe ohnehin jeden zweiten Tag länger in der Schule verbringen müssen. Denn natürlich habe ich auch dort gerne gerauft, was mit dem Nachsitzen bestraft worden ist, auch ein Grund, warum ich immer so spät heimgekommen bin. Der brave Sepp hat daher oft alleine nachhause gehen müssen.

Das Ganze hat sich zu einem Endlosspiel entwickelt. Da ich auch beim Nachsitzen nicht der Bravste gewesen bin, hat es auch da nicht lange gedauert, bis ich einem anderen „Braven" eine Ohrfeige verpasst habe. Dann habe ich auf eine günstige Gelegenheit gewartet, um mich durch das Fenster zu „verabschieden". Zum Beispiel, wenn der Lehrer essen oder für eine Rauchpause hinter das Gebäude gegangen ist. Am nächsten Tag, falls sich der Lehrer mein Davonschleichen gemerkt hat, was leider fast immer der Fall war, weil er es ja vermuten hat müssen, habe ich dann wieder nachsitzen „dürfen".

Unser Lehrer, Herr Heiger, war ein eher dicker Mann und wenig streng. Mit dem Durchsetzen hat er sich schwer getan. Einmal ist es deswegen ganz schön brenzlig geworden. Früher haben

die ersten vier Klassen am Vormittag und die älteren Schüler am Nachmittag Unterricht gehabt. Ich bin in die fünfte Schulstufe gegangen. Es war zwei Uhr und wir waren in eine Stillarbeit vertieft. Niemand hat ein Wort geredet, jeder hat leise an seinem Aufsatz geschrieben.
Der Lehrer ist vorne gesessen und hat in einem Buch gelesen. Die Luft in den Klassenräumen ist schlecht gewesen, daher ist es uns schwergefallen, uns auf die Arbeit zu konzentrieren. Es war Hochsommer, jeder hat geschwitzt und Schuhe getragen. Ohne festes Schuhwerk wär's auf dem schwarz eingelassenen Holzboden nicht gegangen. Das Fenster ist offen gestanden. Trotzdem hat der Wind nur langsam die Schwüle vertrieben und mehr damit genervt, dauernd eine Kastanienkette gegen die Tafel zu schlagen[12)].
Und plötzlich hat jemand in unserer Klasse gelacht. Es war kein Kichern sondern ein richtiger, spontaner, lauter Brüller. Dass da keiner mitgelacht hat, war schon eine starke Leistung! Der Lehrer hat das nicht honoriert, sondern sein Buch zugeklappt, die Lesebrille zur Seite gelegt und ist mit einem kräftigen Satz vom Stuhl aufgesprungen.
„Wer war das?", hat er wissen wollen. Das hätte er sich sparen können, hat er in all den Jahren doch noch nie Antwort auf so eine Frage bekommen.
Herr Heiger hat Tür und Fenster geschlossen. Wir alle haben gewusst, wenn er das tut, passiert etwas, dann hat er keine Zeugen für seine Bestrafungen haben wollen. Er war zwar nicht der strengste Lehrer, aber wenn er wütend war, hat auch er ordentlich Watschen austeilen können.

[12)] Für alle, die glauben, im Winter hat es besser gerochen: Wegen des nassen Holzes, das wir in den Ofen gelegt haben, hat es gequalmt und erst recht gestunken!

„Niemand will es also gewesen sein?“, hat er gefragt und ist auf meine Bankreihe zugegangen. „Ich denke, ich brauche keine Antwort von euch, ich weiß es auch so.“ Warum bin ich eigentlich nicht überrascht gewesen, dass er mich dabei angestarrt hat?
„Ich war es aber nicht!“, habe ich sofort beteuert. Als Klassenbester im Nachsitzen habe ich es besonders schwer gehabt, den Lehrer von meiner Unschuld zu überzeugen. In diesem Fall bin ich es aber wirklich nicht gewesen.
Die Meinung des Lehrers hat allerdings festgestanden. Er hat seinen Stab unter dem Tisch hervorgeholt und mir gedeutet, ich müsste rauskommen. Meistens war es die Strafe für Burschen, vom Lehrer mit dem Stab geschlagen zu werden. Die Mädchen haben es einfacher gehabt – sie sind nur an den Zöpfen gezogen worden.
Aber da ich unschuldig war, habe ich mich geweigert, die Strafe anzunehmen und bin in der Bank sitzen geblieben.
„Wirst du jetzt rauskommen, Sepp!“, hat er voller Zorn geschrien und dabei mit einem Fuß auf den knorrigen Holzboden gestampft. Ich habe den Kopf geschüttelt, um ihm zu zeigen, dass es auch mir ernst ist. Da war nun dieser Moment. Lehrer schaut Schüler an, Schüler schaut Lehrer an, keiner bereit, nachzugeben. Wir haben uns tief in die Augen gestarrt. Die Mitschüler habe ich nicht mehr wahrgenommen. Die haben ohnehin nur darauf geschaut, ja keinen Muckser zu machen und ja nicht tiefer als notwendig einzuatmen.

Da hat sich der Lehrer in Bewegung gesetzt, hat mich am Oberarm gepackt und versucht mich rauszuzerren. Doch ich war nicht nur Klassenbester im Nachsitzen, ich war auch Klassenstärkster! So habe ich mich mit beiden Füßen festgekrallt, zusätzlich mit der linken Hand am Pult. Schnell hat der Lehrer einsehen müssen, dass es ihm nicht gelingen würde, mich aus der Bank zu holen. Ich bin ihm schlicht und einfach überlegen gewesen.

„Ihr zwei…!“ Er hat mich losgelassen und auf meine Sitznachbarn Paul und Andreas gedeutet. „Holt ihn für mich raus, sonst bekommt ihr die Strafe.“ Zuerst haben Paul und Andreas einander angeschaut, dann zu mir herüber und dann wieder einander. Ich bin mir nicht sicher, ob sie den Ernst der Lage erkannt haben. Darum habe ich eine eindeutige Handbewegung gemacht. Die beiden haben geschluckt – meine Botschaft war angekommen. Vor meinen Schlägen haben sie dann doch mehr Angst gehabt als vor denen des Lehrers!
Damit sie aber auch diesen zufriedenstellen haben können, haben sie mich am Arm gepackt und sich gerade so viel angestrengt, dass sie es knapp nicht geschafft haben, mich herauszuzerren.
„Das wird Konsequenzen haben!“, hat der Herr Heiger schließlich entnervt gesagt, die es aber nie gegeben hat. Wer damals wirklich gelacht hat, habe ich schlussendlich nie erfahren.

8.

Mitzi
–
Wechselbad der Gefühle

(1938-1941)

Alle Kinder haben Pferde geliebt! Nur ich habe sie gehasst! Sie haben mir nur Unheil gebracht! Während der ganzen Kutschenfahrt von Kürnberg nach Aschbach habe ich geweint! Durch die Aufregung bin ich so müde geworden, dass ich mich

kaum mehr erinnern kann, wie wir in Aschbach angekommen sind. Ich weiß noch, wie mich meine Großmutter in ein Zimmer getragen und mich ins Bett gelegt hat. Beim Einschlafen habe ich mich ganz fest an ihre Hand geklammert. Meine Großmutter hat vorsorglich ihr Waschzeug mitgenommen, weil sie geahnt hat, dass ich nur dann keinen Aufstand machen würde, wenn sie über Nacht bei mir bleibt.
Aber mit dem ersten Zug ist sie nach St. Peter gefahren, und die letzten Kilometer von da aus zu Fuß heimgegangen. Zu diesem Zeitpunkt habe ich noch fest geschlafen. Und wie lange ich da geschlafen habe – bis in den späten Vormittag hinein! Ich kann mich gut erinnern, wie ich wach geworden bin und mich im Zimmer umgeschaut habe. Es war ein sehr kleiner Raum mit zwei Kommoden und einem großen Bett und zwei kleinen Betten, über denen jeweils ein Kreuz aus Holz gehängt ist. Die Wände waren frisch ausgemalt, jedoch nicht die Decke, die ein wenig grauer war. Auf dem Fensterbrett ist eine Topfpflanze gestanden. Ansonsten war der Raum leer und kahl. Die Betten waren alle schon gemacht. Ich war alleine im Zimmer. Sofort war mir klar, dass meine Großmutter heimgefahren ist. Aber ich habe nicht dagegen protestiert. Ich habe nicht mehr geweint. Ich habe es nicht mehr laut ausgesprochen, dass ich heim will. Ich habe mich meinem Schicksal gefügt.

Außerdem ist dann die Peppi (Josefine) ins Zimmer gekommen. Die Peppi war die Tochter des Hausherrn. Sie ist schnell zu meiner Freundin geworden, zu meiner ersten richtigen Freundin. Nach Peppi hat meine leibliche Mutter hereingeschaut. Zunächst habe ich mich nicht erinnern können, diese Frau jemals gesehen zu haben. Kaum einmal hat sie mich in den letzten Jahren bei Großmutter besucht. Aber natürlich habe ich begriffen, dass sie

meine leibliche Mutter ist.
Sie hat pechrabenschwarzes Haar gehabt und ist eine kleine, zierliche Frau gewesen. Schmuck hat sie keinen getragen, nicht einmal Ohrringe. Sie hat mir ein Foto von Johann gegeben und erklärt, dass er nun mein Ziehvater ist, der aber erst am Freitag von seiner Arbeit als Rossknecht zurückkommt.
Er war ein zartes Männchen, nicht gerade klein, hat einen brünetten Schnauzer und einen kurzen Haarschnitt mit Seitenscheitel gehabt, so wie es früher üblich war, außerdem eine hohe Stirn. Wenn man ihn von unten angeschaut hat, hat man kaum seine Haare gesehen. Johann hat damals die Kutsche gefahren, die mich mit acht Tagen von daheim weggebracht hat. Er ist der Rossknecht gewesen und nun der Mann, den meine Mutter geheiratet hat. Zusammen haben die beiden einen Sohn gehabt, den Hans.
Wie ich nun auf meine leibliche Mutter reagiert habe? Zunächst habe ich mich sehr darauf konzentriert, sie nur ja nicht mit Mama anzureden, das war meiner Großmutter vorbehalten[13].
Ich glaube, wenn ich zehn Jahre älter gewesen wäre, hätte ich gar nichts gesagt. Aber damals bin ich ja noch ein Kind gewesen. So war das Erste, das ich meine Mutter gefragt habe: „Wo ist das Klo?"
„Klein oder groß?", hat meine Mutter gefragt. Das Eis war gebrochen. Am Weg zur „Toilette" hat sie mir das ganze Haus gezeigt. Mit der Führung war sie schnell durch – es hat sich nämlich um eine Wohnung mit einer Küche und einem Schlafzimmer gehandelt. Das Plumpsklo ist im Freien gewesen. Fünf Parteien – neun Erwachsene und einige Kinder – haben es sich geteilt. Dennoch ist es nie zu Streitereien gekommen.

[13] Später habe ich sie mit „Mutter" angesprochen.

„Fürs große Geschäft", hat meine Mutter erklärt und die Holztür geöffnet.
„Klein", habe ich gemurmelt und dabei den Kopf geschüttelt.
Also sind wir wieder hineingegangen.
„Für kleine Mädchen gibt's das Kinderklo", hat meine Mutter gesagt und einen Kübel geholt.
„Sag Bescheid, wenn du fertig bist. Du gehörst noch gebadet!"

Natürlich hat es damals noch keine Badewanne gegeben. Früher haben wir in der Küche in einem hölzernen Schaffel baden müssen. Meine Mutter hat zuerst Wasser vom Brunnen geholt. Dort hat sie eine Stange, die aus Holz oder Eisen sein hat können, auf Brusthöhe auf- und abgewippt (= „schlögeln"), um Wasser aus dem Brunnen zu bekommen. Dann hat sie die Kübel in den ersten Stock hinaufgetragen. Sie hat mehrmals auf und ab laufen müssen, um genügend für ein Bad zusammenzubringen. In der Zwischenzeit hat sie das Wasser am Ofen angewärmt. Fast eine ganze Stunde hat die Prozedur gedauert, bis ich mich ins kleine Schafferl setzen hab' können! Das kann sich heutzutage kein Mensch mehr vorstellen, was das für eine Arbeit gewesen ist! Nachher hat es kein Abflussrohr gegeben, wo man das Wasser einfach hätte ablaufen lassen können. Das Schmutzwasser ist in Kübeln hinuntergetragen und schließlich am Misthaufen ausgeleert worden. Ins Plumpsklo hat man es nicht leeren dürfen, sonst wäre dort zu viel Flüssigkeit zusammengekommen. Das alles hat meine Mutter auch noch Jahre später gemacht, weil ich noch zu klein und zu schwach dafür gewesen bin.

In den nächsten Wochen war meine Mutter sehr dahinter, dass ich das Lesen lerne. Wie von der Fürsorge verlangt, ist sie ständig zuhause gewesen und hat sich um mich und um Hans gekümmert.

Ein Wiedereinstieg in die Arbeit war nicht geplant, zusätzlich ist sie ein paar Monate später wieder schwanger geworden.

Für mich hat das geheißen, dass es im restlichen Sommer kein Spielen mehr auf einer Wiese gegeben hat. Für mich hat es ausschließlich das Lernen mit meiner Mutter gegeben. Jeden Vormittag und Abend hat sie ein Buch genommen, mir daraus vorgelesen und mich dann selber lesen lassen. Obwohl ich nur den August gehabt habe, habe ich bis zum Schulanfang hervorragend lesen können. Keine Probleme mehr bei Aufsätzen und Ansagen! Natürlich war es für mich leichter, weil ich erneut mit der ersten Klasse begonnen habe. Trotzdem war ich stolz, nie mehr sitzen geblieben zu sein. Meine Mutter hat jeden Tag die Hausaufgaben kontrolliert, im Gegensatz zu Großmutter und Karl, die es zu gut mit mir gemeint haben. Dafür habe ich vermehrt im Haushalt mithelfen müssen: Milch holen, Schuhe putzen, auf den kleinen Bruder aufpassen oder Futter fürs Kaninchen pflücken gehen, das mir meine Mutter als Belohnung fürs Lesenlernen geschenkt hat.

Sonst habe ich von dieser Zeit nicht viel zu erzählen. Ich habe mich der Familie fügen müssen, auch wegen meines kleinen Halbbruders Hans. Der hat als Kleinkind immer Vorrang gehabt. Und dann ist ja noch der Franz geboren worden. Von da an ist alles noch strenger geworden. Nichts mehr mit Abenteuern, kein Blödeln mehr, es ist eine sehr ernste Zeit gewesen. Ein einziges Mal habe ich mich nicht an die Regeln gehalten, und schon ist mir ein Malheur passiert. Als ich im Sonntagskleid in den Kindergarten geklettert bin, um dort auf der großen Rutsche hinunterzusausen, habe ich mein Kleid zerrissen. Mein schönes Sonntagskleid! Ich habe kräftige Ohrfeigen dafür bekommen.

Viel schlimmer ist für mich gewesen, dass ich kein einziges Mal zu meiner Großmutter nach Kürnberg rauf gedurft habe! Meine leibliche Mutter und mein Ziehvater haben es mir verboten, damit ich mich besser in Aschbach einleben kann. Ach, was hätte ich alles dafür gegeben, wieder bei Großmutter im Oo-Häuserl sein zu dürfen!
In Aschbach haben sie gedacht, ich würde mein Leben in Kürnberg vergessen, aber das habe ich nicht. Niemals habe ich das vergessen können! Niemand hat von meiner Zeit bei Großmutter geredet, ich habe mich brav gefügt, aber vergessen habe ich nicht! Nur ein bisschen Schreibkontakt habe ich zu Großmutter halten dürfen, darauf habe ich bestanden.

Als ich neun Jahre alt geworden bin, ist mir endlich erlaubt worden, Großmutter im Oo-Häuserl zu besuchen. Und das gleich für die ganzen Sommerferien! So schnell habe ich nie mehr einen Koffer gepackt wie nach dieser Nachricht. Ich habe ein Wochengewand, ein Sonntagsgewand und Unterwäsche reingestopft. Zu Mama habe ich gesagt, dass sie sich um das Kaninchen kümmern muss, und schon bin ich vor der Tür gestanden und habe auf meine Abreise gewartet! Die dann doch erst zwei Tage später stattgefunden hat...
Ach, wie schön es wieder bei Großmutter war! Ich war wieder richtig daheim! Ich habe mit Chipsy gespielt und meinen Onkel Karl wieder ärgern können! Auch das Essen ist viel besser und reichlicher gewesen: Brot, Milch, Butter, Honig – bis ich satt gewesen bin! In Aschbach habe ich all das nicht oder nicht ausreichend bekommen. Oft hat es dort nur ein bisschen Brot gegeben, auch wenn ich noch Hunger gehabt hätte. Ich bin ziemlich dünn geworden. Schuld daran ist ja auch die Politik gewesen. Denn in den Kriegszeiten ist alles genau nach Marken gegangen.

Niemand hat mehr kaufen dürfen als man Marken zugeteilt bekommen hat, die man einmal im Monat auf der Gemeinde hat abholen können. Für jede Person hat es eine Marke gegeben, damit niemand zu viel Essen kaufen kann.

Wie es mir nach der Rückkehr kurz vor Schulbeginn ergangen ist? Schlimm! Bitter! Den ganzen Heimweg habe ich durchgeweint!
Ich habe eineinhalb Stunden zum Zug gehen müssen. Von Kürnberg zum Bahnhof nach St. Peter. Alleine. Da bin ich oft nur ein Stück gegangen, bin wieder stehen geblieben und habe zurückgeschaut. Ich habe zum Wald zurückgeblickt, obwohl das Haus durch die Bäume verdeckt gewesen ist. Besser ist es mit dem ständigen Umdrehen nicht geworden, ich habe dadurch natürlich noch mehr geweint.

Als ich in Aschbach angekommen bin, habe ich nicht mehr geweint, auch nichts mehr gesagt. Ich habe Angst gehabt, dass sie mich sonst nicht mehr zu Großmutter lassen würden. Auch meine Mutter hat mich nicht danach gefragt. Über meine Zeit bei Großmutter ist nie geredet worden, beide haben wir unser Leben weitergelebt. Aber innerlich ist meine Großmutter meine Mama gewesen. Und meine Mutter eine fremde Person. Die Kluft zwischen uns beiden hat sich erst geschlossen, als ich geheiratet habe. Dann habe ich sie mehr anerkannt. Aber auch als Erwachsene habe ich sie nie fragen wollen, warum sie mich damals nach einer Woche weggegeben hat. Diese Frage werde ich wohl oder übel in mein Grab mitnehmen müssen.

Bis 1941 hat bei Großmutter ihre behinderte Tochter Theresia gelebt. In ihrem letzten Sommer hat sie das Mädchen oft draußen im Garten sitzen lassen und ihr Holzsachen zum Spielen in die Hand gedrückt. Einmal habe ich Theresia unbewusst auf die Finger geschlagen, sie hat kurz geweint. Großmutter hat dann mit mir geschimpft, und mir hat es leidgetan. Im Herbst ist das Mädchen gestorben, es ist nur dreißig Jahre alt geworden. Zur gleichen Zeit haben wir auch meinen Hund begraben müssen. Mein geliebtes Haustier, der Chipsy, war an Altersschwäche gestorben!

Ein paar Monate später habe ich ein weiteres schlimmes Erlebnis verdauen müssen. Etwas, das sich bei meinem nächsten Besuch in Kürnberg im Winter 1941 zugetragen hat. Ich habe nun in allen Schulferien Großmutter besucht, auch in den Weihnachtsferien. Zu dieser Zeit ist viel Schnee gelegen, und die Temperaturen sind jenseits von minus fünfzehn Grad gewesen.
Es war Samstag, und Großmutter hat zum Einkaufen nach Steyr müssen, gleich in der Früh, als es draußen noch dunkel gewesen ist. Am Vorabend hat mir Großmutter aufgetragen, sobald ich wach bin, muss ich die Hühner aus der Steige lassen, damit sie in der Holzhütte herumlaufen können.
Nun habe ich an diesem Tag wieder einmal lange geschlafen. Niemand war im Haus, mein Onkel Karl war zu diesem Zeitpunkt bereits in den Krieg eingerückt.
Auf einmal ist draußen, vorm Fenster, ein schrecklicher Lärm gewesen. Irgendein Tier hat vor der Tür gejault, dass es mir durch Mark und Bein gegangen ist. Großmutter hat mich vor Füchsen gewarnt, die in den Wäldern herumlaufen und sich gerne die Hühner schnappen. Aber weil wir kurz davor in der Schule von Hyänen gelernt haben, habe ich an eine Hyäne gedacht!
Ich habe mich so gefürchtet, unmöglich hätte ich Großmutters Auftrag ausführen können, unmöglich nach draußen gehen!

Vor lauter Angst habe ich nicht einmal den Vorhang weggezogen. Die Hühner haben in der Steige bleiben müssen! Nie und nimmer hätte ich das Zimmer verlassen! Ich habe bis Mittag gewartet, erst dann hat das Jaulen aufgehört und es ist endlich wieder ruhig geworden. Nur Minuten später ist Großmutter durch die Tür hereingekommen, ich bin immer noch zusammengekauert im Bett gelegen. Sofort habe ich ihr alles gebeichtet. Großmutter hat genickt, und ich habe gespürt, dass sie weiß, was geschehen ist. Sie hat sich angezogen und ist nach draußen gegangen um nachzusehen. Sie hat versucht, die Spuren im Schnee zu verfolgen, die sich aber dann irgendwann aufgrund des dichten Schneefalls verloren haben. Großmutter ist zu mir hereingekommen und ich habe mich auf den Sessel setzen müssen. Gleich würde sie mir etwas schonend beibringen müssen, das habe ich in ihren Augen gesehen...

Meine Halbbrüder Franz und Hans mit mir

9.
Sepp
–
Meine Kindheit war vorbei
(1938 – 1944)

Eigentlich war es schon vorhersehbar. Onkel Toni und die Lena haben damit gerechnet, ebenso wie der Sepp und ich. Nur sind wir eben die Einzigen gewesen, die darüber auch gesprochen haben. Oma Gansberg hat schon seit längerer Zeit Probleme mit ihrem Herz gehabt. Am 10. Dezember 1938 ist sie dann verstorben. An diesem Tag bin ich erwachsen geworden,

an diesem Tag hat sich mein Leben grundlegend verändert. Ich bin als Erwachsener und nicht mehr als Kind behandelt worden und habe genauso hart und lange[14] wie Toni und Karl arbeiten müssen. Blasen, Schnittwunden, kleine Arbeitsunfälle, fünfzig Kilo schwere Säcke schleppen – das alles ist zu meinem Alltag geworden.
Und eines werde ich nie vergessen – nie im Leben habe ich weniger Zeit zum Einschlafen gebraucht wie damals! Selbst die Schule ist mir gestrichen worden. Erst nachdem mein Lehrer einmal nachgefragt hat, haben sie mich wieder ab zu in den Unterricht lassen[15]. Ich habe mich darüber gefreut, denn Schule hat für mich Erholung geheißen!

In dieser Zeit hat mich mein Bruder Engel besucht. Ich weiß nicht, was er danach genau im Stoa berichtet hat (wahrscheinlich einfach nur die Wahrheit), aber es hat dazu geführt, dass mein Vater ein paar Wochen später zu uns ins Gansberg gekommen ist. Gewillt, mich ins Stoa zurückzuholen, hat er den Onkel Toni aufgesucht. Der ist gerade vom Stall gekommen. Er hat die Holzsandalen angehabt, die hat er ständig getragen. Ebenso die alte Stoffhose und sein Baumwollhemd, wo ein Ärmel bereits eingerissen war. Onkel Toni hat sich einen Dreckbatzen von der Stirn gewischt und meinen Vater entgeistert angeschaut.
„Was willst du hier?"
Kein bisschen davon eingeschüchtert hat mein Vater geantwortet:

[14] Von vier Uhr früh bis sieben Uhr abends.

[15] Der Lehrer ist zu uns ins Gansberg gekommen und mit einem Laib Brot überredet worden, wegzuschauen, wenn ich mal nicht in die Schule kommen würde. Mit Lebensmitteln ist das recht leicht gegangen. Daher auch die Redewendung: „A Butter und zwa Eier is a 3er".

„Wenn's dem Sepp hier nicht so gut geht..., kann ich ihn auch gleich ins Stoa mitnehmen..." Meinen Vater hat das schlechte Gewissen geplagt. Er hat mich damals ja nur weggegeben, weil er davon überzeugt gewesen ist, dass es mir im Gansberg besser geht. Nachdem ihm Engel etwas anderes erzählt hat, ist endlich einmal der Vater in ihm zum Vorschein gekommen.
„Jetzt haben wir ihn aufgefüttert, und dann willst du ihn uns nach all der Arbeit wegnehmen?"
„Aber ihr nehmt ihn ja wie einen Erwachsenen dran! Sepp ist doch noch ein Kind!"
„In welcher Welt lebst du?", hat Toni gefragt. „Großmutter ist tot, und die hat selbst in den letzten Jahren noch hart zugepackt. Glaubst du, die Arbeit hier wird von alleine fertig? Vergiss nicht, die Großmutter war es, die ihn aus dem Dreck gezogen hat!"
Plötzlich hat mein Vater ein schlechtes Gewissen der Oma gegenüber bekommen.
So hat es nicht lange gedauert, bis ihn Onkel Toni überzeugt hat und er ohne mich wieder ins Stoa zurückgekehrt ist.
Onkel Toni ist immer jähzorniger geworden. Es hat nicht viel gebraucht, um sich eine Ohrfeige einzufangen. Einmal hätte er mich fast aufgespießt, da bin ich nicht einmal elf Jahre alt gewesen.
Ich habe am Feld gerecht, Onkel Toni war am Heuwagen oben, wo normalerweise nur die Frauen gestanden sind. Es war die Arbeit einer Magd, die wir aber nicht gehabt haben, das Stroh schön am Wagen zu stapeln und zu pressen, damit genügend raufpasst. Dann ist ein Baumstamm („Wischbaum") über die Fuhre gelegt worden und vorne und hinten mit einem Seil zum Wagen gespannt worden, dass nichts runterrutschen kann.
Vielleicht habe ich langsamer gearbeitet oder ins Narrenkasterl geschaut, und der Toni hätte meine Hilfe gebraucht, aber so

schnell habe ich gar nicht schauen können, ist eine Heugabel vom Wagen aus auf mich zugeflogen. Es war eindeutig Tonis Heugabel, weil sie nur drei Zacken gehabt hat. Sepps Mistgabel hat vier Zacken gehabt und ist in der Wiese gelegen. Vielleicht hat er mich nur warnen wollen, aber hätte ich mich nicht geduckt, wäre ich aufgespießt worden. Darauf habe ich mich ein paar Tage lang geweigert, mit dem Toni zu sprechen. Ob das bei ihm Wirkung gezeigt hat, weiß ich nicht mehr, aber ich denke es war ihm egal.[16)]
Ein bisschen besser ist es geworden, als der Onkel im März 1939 seine Kathi kennengelernt und im Juni geheiratet hat. Wenn es gepasst hat, hat man früher rasch geheiratet, falls „a Gerstl“ (= Geld) dafür da war. So nach dem Motto: Was man hat, hat man! Und weil die Kathi durchaus eine war, die den Männern den Kopf hat verdrehen können und es auch gerne getan hat, hat der Onkel Toni besonders früh nach dem Jawort gefragt, um sich ein bisschen abzusichern. Die beiden dürften das mit der Gepflogenheit „kein Sex vor der Ehe“ nicht so genau genommen haben, denn bereits im Dezember hat die Kathi das erste Kind geboren. Sie haben es Toni genannt.[17)] Das zweite Kind hat nicht lange auf sich warten lassen und ist Leopold (= Großvaters Name) getauft worden.
Vielleicht hat sich die alleinerziehende Mutter Lena gedacht, was der Toni kann, kann ich schon lange und hat deswegen ins Wutzelreith geheiratet. Die Lena, die auch meine Taufgodn war, ist also nach Randegg gezogen. Und hat mir damit den Sepp als Spielkameraden weggenommen. Möglicherweise ist das gleich nach Omas Tod gewesen. So genau weiß ich das nicht mehr.

16) So ist das früher einmal gewesen. Ich bin dem Onkel Toni gar nicht böse.

17) Alle Kinder haben früher wie die Eltern geheißen.

Aber von da an ist meine Kindheit endgültig vorbei gewesen, weil alle meine Liebsten (Oma, Lena, Sepp) weg waren und nur der jähzornige Toni und der Karl übrig geblieben sind.
Der Krieg war noch weit entfernt, außer, dass alle Bekannten der Reihe nach einrücken haben müssen. 1941 hat es auch Onkel Karl und Onkel Toni getroffen. Von da an war plötzlich ich der letzte Mann im Haus. So schnell ist es gegangen, dass ich mit dreizehn Jahren Bauer geworden bin!
Und damals hat es noch keinen Traktor und keine Motorsäge gegeben. Ich bin mit den Ochsen gefahren, habe Holz gehackt, Bäume gefällt und die Stallarbeit gemacht. Die Kathi hat mir ein bisschen geholfen, aber meistens hat sie nach ihren zwei Kleinen schauen müssen. Außerdem hat sie ein drittes Kind erwartet. Denn der Onkel Toni hat ja manchmal Heimaturlaub bekommen.

Während die Kathi neun Monate später ihr drittes Kind zur Welt gebracht hat (Franz, nach dem Onkel benannt), hat sich ein Nachbar um mich und um meine Wirtschaft Sorgen gemacht. Fast täglich ist er vorbeigekommen und hat mir seine Hilfe angeboten. Zuerst hat er nur mitgeholfen, doch dann hat er mir nach und nach gesagt, was ich alles zu tun habe. Er hat also mit mir anschaffen wollen. Und das habe ich mir nicht gefallen lassen, auch nicht mit dreizehn Jahren! Weggeschickt habe ich ihn und gesagt, dass ich keine Hilfe nötig habe. Doch dann ist alles anders gekommen. Denn nur zwei Wochen später ist der Kathi und mir ein Franzose zugeteilt worden. Ein Kriegsgefangener, Johann[18].

[18] Wir haben seinen Namen eingedeutscht. Keine Ahnung, wie er wirklich geheißen hat.

Johann war in etwa dreiundzwanzig Jahre alt, also knapp doppelt so alt wie ich und hat mir bei der täglichen Arbeit geholfen. Wir beide sind abwechselnd mit den Ochsen gefahren, haben das Holz gespalten, den Kühen Wasser gegeben, den Stall ausgemistet, das Gras gemäht und das Getreide geerntet. Und eines kann ich dir sagen: Der Franzose hat genauso hart gearbeitet wie ich! Deutsch hat Johann in der Gefangenschaft gelernt, wir haben also gut miteinander reden können. Während der Arbeit hat er mir französische Wörter und Lieder beigebracht. Ich habe bereits viel von meinem Leben vergessen, aber die Lieder kann ich heute noch singen – Wort für Wort!
Ich hätte mich auch vor ihm fürchten können, weil er mir körperlich überlegen war. Aber da ich nie einer Mistgabel oder einer Ohrfeige ausweichen hab' müssen, habe ich gedacht, dass er weitaus ungefährlicher als der Onkel Toni ist. Abhauen hätte der Johann nicht können, da wäre er rasch von den SS-Leuten eingefangen worden. Bis nach Frankreich wäre er nie und nimmer ohne Pass gekommen.
Am Abend hat der Johann ins Lager nach Hiesbach zum Bachbauern zurück müssen, wo er wie die anderen Franzosen übernachtet hat. Als Belohnung für die harte Arbeit hat er sich manchmal die Kathi „gegönnt". Glaube ich zumindest. Weil die hat oft lange ohne ihren Toni auskommen müssen. Und der Johann war eben nicht nur ein prima Kerl, er hat auch prima ausgesehen.
So haben der Franzose und ich von 1942 an im Gansberg gearbeitet und eine Menge französischer Lieder gesungen. Wir sind so was wie Freunde geworden. Bis 1944 ein Bote vom Dorf zu uns heraufgekommen ist. Er hat zwei Briefe in der Hand gehabt. Daran erinnere ich mich deswegen so genau, weil ich damals die Tür geöffnet habe...

10.
Mitzi
–
Mein ungewollter Aufenthalt in Brünn
(1942)

Ich weiß nicht, wie ich auf eine Hyäne gekommen bin. Vielleicht, weil der Herr Lehrer Hörman unbedingt noch im Winter die exotischen Tiere durchbringen hat wollen. Vielleicht habe ich auch gerade in einem Roman davon gelesen.
Auf jeden Fall bin ich auf dem Sessel gesessen, und Großmutter

hat gegenüber Platz genommen. Ihre Haare waren vom Schneefall nass, die Zöpfe der Gretlfrisur sind schwer auf ihrem Kopf gelegen. Ihre Nase war rot angelaufen, weil sie den ganzen Weg vom Bahnhof von St. Peter zu Fuß herauf nach Kürnberg hat gehen müssen. Ich habe gespürt, dass sie mir etwas Unangenehmes beibringen muss. Denn dann, und nur dann, ist sie unruhig hin und her gerutscht, was sie sonst niemals getan hat.

Ich habe nicht mehr an die Hyäne gedacht, sondern an die armen Hühner. Die ganze Zeit über haben sie in der engen Steige ausharren müssen. Welches Tier da draußen gejault hat, ist mir ein Rätsel gewesen.
Bis Großmutter plötzlich gesagt hat: „Unser Hund ist weg!"
Ich hab' es kaum fassen können. Es hat sich nicht um Chipsy gehandelt, der war ja schon im Herbst gestorben. Es ist unser neuer Hund[19] gewesen. Ein schwarzer Dackel mit braunen Pfoten, den wir erst vor kurzem von einem Bauern auf der anderen Seite von Kürnberg mit heimgenommen haben. Großmutter hat mir nicht gesagt, dass sie den Hund rausgelassen hat. Der hat natürlich reinwollen, weil es draußen so kalt gewesen ist. Weil ich aber die Tür nicht aufgemacht habe, ist er im tiefen Schnee davongelaufen und nie wieder zurückgekehrt. Ich kann mich nicht mehr erinnern, ob Großmutter geschimpft hat. Ich weiß nur, dass sie mich damit getröstet hat, dass sich der Hund in seine Hütte zurückziehen hätte können, wenn er nur gewollt hätte. Trotzdem habe ich mir das nicht verzeihen können, weil ich ja zum Nachschauen zu feig gewesen bin. Ich habe davor noch nie einen Hund so jammern gehört, ein Leben lang werde ich das nicht vergessen.

[19] Er hat noch nicht einmal einen Namen gehabt!

1942 bin ich als Zehnjährige nach Brünn auf Erholung geschickt worden, weil ich zu dünn gewesen bin. Wie erwähnt hat es bei meiner leiblichen Mutter nicht so viel zu essen gegeben, wie ich es gewollt oder gebraucht hätte, deswegen war ich deutlich unterernährt. Das war natürlich nicht gleich ein Grund weggeschickt zu werden. Aber da ich ein Fürsorgekind gewesen bin, bin ich unter Beobachtung gestanden. Es sind zwar auch „normale" Kinder auf Erholung geschickt worden. Zum Beispiel meine spätere Nachbarin, Frau Schuller. Aber Fürsorgekinder haben schneller einen Urlaub bekommen.
Vorher hat man alles versucht, um mich wieder zu Kräften zu bringen. Die Taufgoli aus Öhling hat mich für ein paar Wochenenden zu sich geholt. Aber die vielen Kuchen haben mich auch nicht aufgepäppelt. Ich bin einfach nicht dicker geworden! Schließlich hat mir meine Mutter gesagt, dass ich auf Erholung fahren müsse. Ich bin stocksauer gewesen! Mein geplanter Besuch bei Großmutter würde für etwas ausfallen, was ich überhaupt nicht will. Ich habe nicht in ein fremdes Land, sondern nach Kürnberg wollen! Meine Mutter aber hat mir schnell klargemacht, dass sie keine Widerrede duldet. Alles war schon von der Jugendwohlfahrt organisiert, eine Absage ist nicht einmal in Frage gekommen.
„Du kommst in den Sommerferien nach Brünn!"

Als der Tag gekommen ist, habe ich natürlich geweint. (Jetzt, wo ich so überlege, habe ich früher ziemlich oft geweint.) Mutter hat mich an der Hand genommen und zum Bahnhof nach St. Peter gebracht, wo ich sofort in einen blauen Waggon einsteigen hab' müssen. Im Zug sind viele andere Kinder gesessen, die ebenso von der Jugendwohlfahrt auf Erholung geschickt worden sind. Ich war nervös, aber wir Kinder haben uns gegenseitig ein wenig beruhigt. Oft mit Blicken, manchmal mit Worten. Die meisten sind deutlich jünger als ich gewesen. Von Aschbach waren sechs dabei, ausschließlich Mädchen. Den ganzen Tag sind wir mit dem Zug gefahren, es war stockfinster, als wir in Brünn angekommen sind.

Beim Aussteigen hat eine Schlange aus Erwachsenen auf uns gewartet. Und dann ist alles sehr schnell gegangen. Eine Frau hat plötzlich Namen gerufen. Schließlich ist mein Name gefallen, und schon ist sie vor mir gestanden. Lili Schleifer. Die Frau, die mich freiwillig für sechs Wochen bei sich aufnehmen würde, um mich auf Vordermann zu bringen.

Ihren Wohlstand hat sie dem familiären Ledergeschäft verdankt. Ihr Mann war in den Krieg eingerückt, sie hat sich um den Betrieb und eine Haushälterin, eine Köchin und ein Lehrmädchen um das Haus gekümmert. Lili Schleifer hat dunkelbraunes Haar und immer ein schwarzes Kapperl auf dem Kopf gehabt, auch im Sommer. Sie war so fesch! Ihr Rock, ihr Pullover und ihre Jacke haben sie sehr modisch wirken lassen. Im Gegensatz zu den Leuten, die ich bislang gekannt habe, hat sie Wert auf Schmuck gelegt und Halsketten, Armbänder und Ohrringe getragen. Niemals ist sie ohne Handtasche aus dem Haus gegangen. Sie war wahrlich eine feine Dame.

Wir sind sehr schnell in der Wohnung gewesen. Die Straßenlaternen haben da schon geleuchtet, es war bereits halb zehn Uhr abends. Die Köchin und die Haushälterin haben uns als Empfang eine kleine, kalte Jause serviert. Danach hat mir Lili Schleifer schonend beigebracht, dass ich nun gebadet werden müsse. Ich bin zusammengezuckt! Ich habe mich nicht nackt in einer fremden Küche in ein fremdes Schaffel setzen wollen! Aber als ich gemerkt habe, was man hier in dieser Brünner Wohnung unter „baden“ versteht, habe ich einen Freudenschrei losgelassen.

Lili Schleifer hat mich in einen eigenen Raum geführt, wo es ein eingebautes Riesenschaffel samt komischem Griff gegeben hat. Wenn man den Hebel in eine Richtung gedreht hat, ist Wasser aus einem Loch herausgeschossen! Von alleine! Nichts mit Kübelschleppen, das Schaffel hat sich von selbst gefüllt!
„Das ist eine Badewanne“, hat Frau Schleifer in fast akzentfreiem Deutsch gesagt. „Hier sind die Knöpfe für kaltes und warmes Wasser. Ich lasse dich nun alleine.“

Auch wenn ich gut aufgenommen worden bin, bin ich in der Nacht unter die Bettdecke gekrochen und habe geweint. Der Wellensittich im Käfig hat zu schreien begonnen. Aber der hat mich nicht interessiert, nicht in der ersten Nacht! Ich hätte jetzt bei Großmutter in Kürnberg sein können, und nicht in diesem fremden Brünner Bett!

Am nächsten Tag hat sich das Blatt gewendet. Das Lehrmädchen hat mich frisiert, und dann sind wir in die Stadt gegangen und haben einen ganzen Tag lang einkaufen dürfen! Ich habe mich wie im Paradies gefühlt! Wie können zwei Orte, die nur dreihundert Kilometer auseinander liegen, in Sachen Wohlstand Welten auseinander liegen? Essen, so viel ich gewollt habe! Kleidung, so viel ich gebraucht habe! Und die Geschäfte hier waren alle so voll! Am längsten bin ich vor den Konditoreien gestanden. Ich habe es kaum glauben können, wie viele Süßigkeiten hier angeboten worden sind. Wahrscheinlich hat es in Brünn so etwas wie Lebensmittelmarken gar nicht gegeben. Wahrscheinlich hat da jeder so viel einkaufen dürfen, wie er nur gewollt hat. Und wie oft und gerne ich mit dem Karussell gefahren bin! Ständig habe ich Lili oder das Lehrmädchen überredet, mit mir in das Vergnügungsviertel zu gehen. Dann bin ich so lange gefahren, bis mir schlecht geworden ist und ich mich habe übergeben müssen. Und dennoch – am nächsten Tag habe ich beim Frühstückstisch wieder nach dem Karussell gefragt!

Während meines Aufenthalts ist es mir so gut gegangen, dass ich nur noch ein einziges Mal geweint habe, nämlich als ich Post von Großmutter bekommen und den Brief gelesen habe. Aber sonst habe ich nach den sechs Wochen nicht mehr heimwollen. Zuhause in Aschbach habe ich mich als ältestes Kind hinter meinen jüngeren Halbgeschwistern anstellen müssen. Hier war ich die Nummer eins! Hier habe ich alles gekriegt!
Am Ende meines Aufenthalts war mein Koffer so mit Kleidungsstücken und Süßigkeiten vollgestopft, dass ich ihn nicht mehr selbst habe tragen können. Das hat die Aufsicht, die mich dann abgeholt hat, übernehmen müssen.
Natürlich habe ich geweint, als es heimwärts gegangen ist. Aber auch Lili hat geweint! Wir beide haben uns doch so gut verstanden!

Bis 1945 habe ich Kontakt zu ihr gehalten, dann ist er leider abgerissen. Ich habe nach dem Krieg immer wieder versucht, sie zu erreichen, ich bin sogar Jahrzehnte später nach Brünn gereist, um herauszufinden, was aus ihr geworden ist. Aber ich habe weder das Geschäft noch die Wohnung gefunden, alles war zerstört und anders neu aufgebaut worden. Ich werde nie erfahren, was aus Lili Schleifer geworden ist. Aus Lili Schleifer, die für den schönsten Urlaub in meinem Leben gesorgt hat.[20)]

[20)] Nie mehr später bin ich länger auf Urlaub gewesen als eine Woche. Und schon gar nicht im Ausland!

Bei der Heimfahrt mit dem Zug haben wir einen Zwischenstopp in einem Heim eingelegt, wo wir in Liegestühlen haben schlafen müssen. Wie ich diese Nacht gehasst habe! Es war furchtbar! Ich habe nicht schlafen können, viele Kinder haben geschnarcht oder sich in den knarrenden Liegestühlen hin und her bewegt. Ob ich nun durch meinen Aufenthalt zugenommen habe, habe ich nicht mehr in Erinnerung. In Erinnerung ist mir nur Lili Schleifer geblieben.

11.
Sepp
–
Ich muss in den Krieg
(1944/1945)

Nicht, dass nicht einer schon genug gewesen wäre. Nein – es haben gleich zwei sein müssen! Zwei braune Kuverts aus Altpapier, eines davon verschlossen mit einem schwarzen Siegel, das mir der Postbote direkt in die Hand gedrückt hat. Das andere war nicht für mich bestimmt.
„Wo ist die Kathi?“, hat mich der große, schlaksige Mann mit blonden Haaren gefragt und ist nervös von einem Bein auf das andere gestiegen. Der ist eindeutig erst seit kurzem Briefträger gewesen! Die Kathi hat neue Leintücher übergezogen, die Kinder haben im Hof gespielt und Johann war vermutlich auch im Schlafzimmer. Ob sie wirklich was mit ihm gehabt hat, kann ich nicht genau sagen, aber als Junger habe ich es mir eben eingebildet. Sie haben sich selten lange im gleichen Zimmer aufgehalten, vor allem dann, wenn ich dazugestoßen bin. Das ist mir verdächtig vorgekommen. Vielleicht war ich als junger Bursch auch nur eifersüchtig, weil ich den Johann gerne für mich alleine gehabt hätte.
Ich habe ein paar Mal nach Kathi gerufen, bis sie mit rotem Kopf aufgetaucht ist. Als sie den Boten gesehen hat, ist ihre Farbe aus dem Gesicht gewichen. Schwager Karl oder ihr Mann Toni, wird sie sich gefragt haben. Beide waren an der Front. Beide hätte es erwischt haben können! Sie wird auf Karl gehofft haben. Denn

nur Karls Todesnachricht würde Tonis Leben bedeuten.
Das muss ein schreckliches Gefühl gewesen sein!
Wie gelähmt ist sie auf der Treppe gestanden. So aufrecht wie möglich, denn damals war es selbst dann noch wichtig, Fassung zu bewahren. Der Bote ist langsam auf sie zugegangen.
„Der ist für Sie", hat er nüchtern gesagt und ihr den Brief von der untersten Stufe aus entgegengestreckt. Sie hat sich geweigert, ihn anzunehmen. Lieber die Hoffnung als die Gewissheit.
„Es ist noch keiner gestorben", hat der Bote beruhigen wollen, fast so, als hätte er eine gute Nachricht für sie. Dann erst ist ihm bewusst worden, was er da gesagt hat.
„Es ist keiner gestorben", hat er sich ausgebessert, und Kathi hat leicht durchgeatmet.
„Bitte gehen Sie", hat sie leise gesprochen. „Der Sepp wird's mir vorlesen."

Als ich den Brief aufgemacht habe, habe ich ihn kurz überflogen, um beim Vorlesen keine Fehler zu machen. Ich habe ähnliche Zeilen schon ein paar Mal gehört, allerdings immer von einem anderen, meist von der Kathi. Nun war ich es, der es ihr sagen hat müssen. Das war dann doch noch einmal etwas anderes.
Ich habe sie angeschaut und dann laut vorgelesen... – Vermisst! – Gott sei Dank, nicht tot!
Dann habe ich ihr den Brief übergeben und meinen geöffnet. Das Siegel hat sich dabei nur langsam vom Papier gelöst. Ich habe leise die Zeilen vorgelesen. Im Brief ist gestanden, dass ich die Ehre habe, schon mit fünfzehn Jahren den Heeresdienst im Burgenland antreten zu dürfen. Für das Vaterland! Damals habe ich es gar nicht einmal so schlimm empfunden. In meinem jugendlichen Leichtsinn habe ich mich fast auf den Krieg gefreut! Es hat nach Abenteuer geklungen, es hat nach Freiheit gerochen.

Hinausziehen zu dürfen in die große, weite Welt! Und Angst habe ich damals sowieso vor nichts und niemandem gehabt! Ich habe mich stark gefühlt, niemand würde mir etwas anhaben können! Kathi hat meine Euphorie gebremst und gesagt, etwas Schlimmeres hätte nicht passieren können. Ihr Mann vermisst und ich den Einrückungsbefehl.

Ein paar Tage später hat mir die Kathi zum Abschied einen Rosenkranz überreicht. Es war der Rosenkranz meiner Oma. Kathi hat gewusst, dass er mir wichtig ist, er würde mir das nötige Glück bringen. Schließlich bin ich zur Ausbildung ins Burgenland geschickt worden, und der Franzose und die Kathi sind alleine mit den drei Kindern im Gansberg zurückgeblieben.

Normalerweise hat die Grundausbildung sechs Wochen gedauert. Da der Feind, also die Russen, im Herbst 1944 immer näher gerückt ist, war meine in vier Wochen abgeschlossen. Während dieser Zeit habe ich gelernt, mit einem Schießeisen, einem Trommelrevolver, richtig umgehen zu können. Manchmal haben wir auch das Maschinengewehr benützen dürfen. Wie mir das gefallen hat! Mit einem echten Maschinengewehr schießen zu dürfen! Irgendwie habe ich mich im Heer gut aufgehoben gefühlt, ich habe neue Aufgaben gehabt und es ist deutlich weniger anstrengend als im Gansberg gewesen. Ich habe Abenteuer gewollt und sie nun bekommen! An meinem sechzehnten Geburtstag habe ich den kurzen Infanteriekurs in Deutsch Jahrndorf abgeschlossen. Danach habe ich eine Woche lang Arbeitsdienst machen müssen, ehe ich nach Tschechien versetzt worden bin. Gefreut habe ich mich, so ehrlich bin ich.
Mit den anderen Soldaten hat man sich schnell bei einer Zigarette angefreundet. Die und eine warme Mahlzeit am Tag sind

das Einzige gewesen, was vom Abenteuer übrig geblieben ist. Irgendwie ist alles anders gewesen, als ich es mir vorgestellt habe! Lange Wartezeiten in der Kälte, das Essen knapp, die Stimmung schlecht! Aber es ist noch schlimmer gekommen. Damals, als ich in der Nacht Wache in Tschechien habe schieben müssen...

Die Felder in Böhmen waren vom Reif überzogen und in der Nacht ist es unerträglich kalt gewesen. Ich war müde, das warme Zelt hat mich mehr und mehr angezogen. Schließlich habe ich es nicht mehr ausgehalten und bin kurz ins Zelt geschlüpft, um mich hinzulegen. Ich bin eingeschlafen und fünf Minuten später ist es zum feindlichen Angriff gekommen. Als hätte mich mein schlechtes Gewissen dazu gebracht... beim ersten, verdächtigen Geräusch habe ich im Halbschlaf Alarm geschlagen! Mehr als ein Dutzend Russen haben uns von der linken Flanke aus angegriffen. Drei meiner Kameraden haben Streifschüsse erlitten, ich habe einen Splitter[21)] im Fuß abbekommen und zwei erfrorene Zehen davongetragen. Mit Müh und Not haben wir den nächtlichen Überfall abgewehrt.
Danach habe ich zum Rapport müssen. Warum ich das so spät gemeldet hätte, hat der General von mir wissen wollen. Bestimmt hätte ich die Stellung aufgegeben und mich schlafen gelegt, hat er gemeint. Natürlich habe ich alles bestritten! Ich hab' doch nicht in den Bunker wollen! Er hat mir geglaubt, und ich bin mit einer Verwarnung davongekommen.

Ein paar Wochen später, an einem Ort, der mir nicht mehr einfällt, haben wir wieder unsere Lager aufgebaut. In den Baracken

[21)] Der Splitter ist mir erst Jahre später im Krankenhaus Amstetten entnommen worden, weil er gedroht hat, zu verrutschen.

haben meistens fünf bis sechs Leute gelebt. Mit denen hat man sich besser angefreundet, weil wir vorm Einschlafen viel miteinander geredet haben. Wir haben gerne von zuhause, von unserer Heimat, von Frauen und manchmal Horrorgeschichten von Russen erzählt.
Eines Abends hat ein Barackenbewohner gesehen, dass ich aus meinem Rucksack einen Rosenkranz genommen habe, um ihn in der Nacht unter meinen Schlafsack zu legen. Während ich die Socken gewechselt habe, hat er die Gelegenheit genützt, mir den Rosenkranz zu stehlen.
„Glaubst du, Gott hilft uns den Krieg zu gewinnen?“ Schon komisch, habe ich mir gedacht. Bei den Zigarettenpausen davor haben wir uns doch gut verstanden.
„Hilft dir der etwa“, dabei hat er mir meinen Rosenkranz vor die Nase gehalten, „den Feind da draußen zu erschießen?“
Da ich gesehen habe, wie wütend er gewesen ist, ist meine Sorge gestiegen. Der Rosenkranz war mir wichtig, er war alles, was ich noch von Kathi und Oma gehabt habe! Daher habe ich den Mund gehalten und versöhnlich nach meinem Glücksbringer gegriffen. Doch der Kamerad ist nach hinten ausgewichen, und schon war die Kette im Ofen.
„Also, wo ist dein Gott nun?“, hat er mich blöd angemacht. Stimmt, Gott hätte mir nicht geholfen. Ich hab’ meine rechte Faust für ihn sprechen lassen! Wir haben gerauft, keiner hat dem anderen etwas geschenkt. Im Nachhinein war das Ganze schon komisch. Draußen hat der Feind auf uns gelauert, und wir haben uns beinahe die Köpfe wegen ein paar Perlen und einem Stück Holz eingeschlagen. Am Ende habe ich ausnahmsweise einmal eine Rauferei verloren und bin keuchend am Boden zurückgeblieben. Ich habe zum Ofen geschaut. Bestimmt war der Rosenkranz schon völlig ausgebrannt! Ich bin so wütend auf ihn gewesen, so

wütend war ich auf keinen mehr, seit der Onkel Toni die Heugabel nach mir geworfen hat!
Trotzdem habe ich den Vorfall nicht gemeldet, es ist nicht meine Art gewesen. In der Früh haben wir bei unserem General antreten müssen. Dabei ist dem aufgefallen, dass mein Mitbewohner ein blaues Auge mehr hat als am Abend davor. Ich habe nichts verraten, aber mein Kollege hat gegen das Kreuzverhör des Generals keine Chance gehabt und alles gestanden. Auch, dass er meinen Rosenkranz weggeworfen hat. Drei Tage lang hat er in den Bunker müssen, ich bin erneut mit einer Verwarnung davongekommen. Zurück aus dem Bunker hat er sich bei mir entschuldigt, und für mich war die Sache damit erledigt.

Der Krieg ist zu Ende gegangen, wir haben uns immer mehr zurückgezogen. Unseren letzten Stützpunkt haben wir in Hieflau gehabt, einem kleinen Ort in der Steiermark, wo wir schließlich unsere Waffen niedergelegt haben. Ich habe meine Pistole aber nicht abgegeben, sondern sie zwischen meinen „Kronjuwelen" versteckt. Dann haben wir uns ein letztes Mal vor unserem Kommandanten aufgestellt. Er hat uns mitgeteilt, dass der Krieg verloren wäre. „Schaut, dass ihr eure Haut retten könnt! Schlagt euch heimwärts, jeder auf eigene Faust!" Gesagt, getan. Einige Soldaten und ich sind auf einen Lastwagen gestiegen, in der Hoffnung, dass er uns zu einem Bahnhof bringen würde.

Auf der Fahrt habe ich beobachtet, wie im Land alles drunter und drüber geht. Brücken waren gesprengt und Häuser zerstört, und auf der Straße sind viele Männer durcheinander gerannt und haben versucht, auf Lastwägen zu springen. Alle haben zurück in ihre Heimat wollen. Nichts ist geregelt gewesen. Man hat nicht gewusst, ob ein Russe, ein Nazi oder ein Freund vor dir steht.

Ein falsches Wort, und du bist erschossen worden!
Mit jedem hat man anders reden müssen, jeder ist auf andere Dinge aus gewesen. Die noch immer wie besessen den Krieg weitergeführt haben, haben in dir einen Fahnenflüchtigen gesehen. Russen haben dich als SS-Mann liquidieren können. Keiner hat etwas Falsches sagen oder tun wollen. Jeder hat jedem misstraut. Selbst auf unserer Ladefläche haben wir uns gegenseitig kontrolliert, ob irgendjemand verdächtig in die Manteltasche greift. Vielleicht haben ja auch die anderen noch ihre Waffen dabei!
Schließlich bin ich abgesprungen, weil der Lastwagenfahrer bei einer Tankstelle geparkt und nicht mehr vorgehabt hat, weiterzufahren. Ich habe es zu Fuß versucht. Da es rasch dunkel geworden ist, hat es keinen Sinn mehr gemacht, weiterzugehen. Dafür habe ich mich in dieser Gegend zu wenig ausgekannt, um in der stockfinsteren Nacht den Bahnhof zu finden. Ich habe etwas entfernt von einer Straße einen Bauernhof mit einem kleinen Schuppen entdeckt. Dort habe ich leise den Holzriegel zur Seite geschoben, mich ins Heu gelegt und bin nach einer Weile eingeschlafen.
Vor dem Einschlafen habe ich mir fest eingeredet, noch vor dem Bauern munter zu werden. Ich habe ja nicht gewusst, zu welcher Sorte der Bauer zählen würde. Sicher ist sicher! Außerdem war es mir lieber, noch vor Tagesanbruch den Bahnhof zu suchen, um weniger leicht von den Russen entdeckt zu werden. Ich habe ohnehin nicht lange geschlafen, dauernd bin ich wach geworden, immer wieder haben mich Alpträume[22)] verfolgt. Keine Ahnung,

[22)] Ich habe von einem Lastwagen geträumt, auf dem ich mit zwei anderen Männern gesessen bin. Der eine ist ein Kriegsfanatiker gewesen und hat gesagt, ich müsse wieder an die Front, sonst werde ich erschossen, der andere ist ein Russe gewesen und hat gemeint, wenn ich eine Waffe habe, werde ich erschossen. „So oder so wirst du erschossen!“, haben schließlich beide gleichzeitig gesagt.

wie spät es gewesen ist, aber ich habe den Schuppen noch vor der Morgendämmerung verlassen und versucht, im Dunkeln voranzukommen.
War ich froh, endlich die Gleise und wenig später den Bahnhof entdeckt zu haben! Keiner hat gemerkt, dass ich heimlich und ohne Ticket in den nächsten Zug gestiegen bin. Ich habe in die Neustift, zu meinem Elternhaus, ins Stoa zurückkehren wollen.[23)]
Ganz sicher bin ich nicht, aber ich glaube, ich bin in der Ecke einer Ladefläche gesessen. Das habe ich nicht genau gesehen, so viele Soldaten sind auf einem Haufen beieinander gewesen! Es ist nicht viel geredet worden, jeder war vom Krieg gezeichnet, jeder hat gewusst, wie es ist, wenn ein Kamerad stirbt oder stark verwundet wird.
Kurz bevor der Zug am Bahnhof Waidhofen, wo ich hätte aussteigen müssen, gehalten hat, habe ich mitbekommen, wie dort Russen die Pässe der Einheimischen kontrolliert und sie in Zweierreihen aufgestellt haben. Und sie haben schon darauf gewartet, dass mein Zug zum Stillstand kommt. Hier habe ich nicht aussteigen wollen! Hier würden sie mich ja festnehmen! Ich habe es für das Beste gehalten, weiterzufahren.

Ich habe gewusst, dass am Endbahnhof Amstetten noch mehr Russen auf mich warten würden. Leider würde der Zug bis dahin aber nicht mehr anhalten. Das hatte sich schnell unter den Soldaten herumgesprochen. Die Russen haben die Fahrgäste nur in jenen Städten aussteigen lassen, die sie bereits unter Kontrolle gebracht haben. Ich habe mir vorgenommen, in Kröllendorf abzuspringen.

[23)] Warum ich nicht ins Gansberg habe wollen, weiß ich nicht. Vielleicht, weil ich, um ins Stoa zu kommen, früher aus dem Zug habe aussteigen können.

Von dort aus könnte ich es zu Fuß ins Gansberg schaffen. Zehn Kilometer im ländlichen Gebiet, mit etwas Glück würde ich da auf keinen Russen treffen. Kurz vor Kröllendorf habe ich mich an den vielen Soldaten vorbeigeschummelt und einen Waggon gesucht, der verlassener gewesen ist. Der Zug ist langsamer geworden, da er einen Bahnhof passiert hat. Ich habe auf ein Wiesenstück gewartet, ruckartig die Tür geöffnet und bin dann abgesprungen.

Vor mir ist Kröllendorf gelegen. Es hat sich kaum verändert gehabt. Kleinere Orte wie Kröllendorf und Biberbach sind nicht so vom Krieg betroffen gewesen. Doch mir ist keine Zeit geblieben, um lange herumzuschauen, ich habe rasch in den Wäldern abtauchen müssen, um auf sicherem Weg ins Gansberg zu kommen.
Ich habe gehofft, auf niemanden zu treffen. Diese Hoffnung hat sich aber leider nach dreihundert Metern zerschlagen. Zwei Russen sind auf einem Motorrad hinter mir nachgefahren! Sie haben mich überholt und sich mir in die Quere gestellt.
Ich bin nervös geworden. In der Steiermark hätte ich mich rausreden können, meine Waffe versehentlich nicht abgegeben zu haben. Aber wenn die Russen hier – mitten im Landinneren meinen Trommelrevolver finden würden, würden sie mich für einen SS-Mann halten. Und die hat man zu dieser Zeit auf offener Straße erschießen dürfen!
Einer der beiden Russen hat begonnen mich zu durchsuchen. Zuerst bei den Schultern, dann am Rücken, am Bauch, dann bei den Füßen. Zu guter Letzt habe ich meine hohen Schuhe[24] ausziehen müssen. Ich habe aufgeatmet, der Russe hat nichts

[24] Es sind keine Stiefel gewesen.

gefunden. Doch dann hat er mich nochmals zu sich gewunken. Und auf meine „Kronjuwelen“ gezeigt! Ich habe den Kopf geschüttelt, doch er hat mir deutlich gemacht, nur ja ruhig stehen zu bleiben. Sein Kollege hat nach dem Revolver gegriffen und die Finger am Abzug gehalten. Dann hat er mich abgetastet.

12.
Mitzi
–
Mitten im Krieg
(1942-1944)

Ich habe Kindergärtnerin werden wollen. Schon als Dreizehnjährige habe ich im Kindergarten ausgeholfen, weil es mir Spaß gemacht hat. In der Schule habe ich mich auch lieber mit den Jüngeren abgegeben. Gemeinsam haben wir Blumen gepflückt und sie den Klosterschwestern gebracht, die dann die Kirche haben schmücken können. Oder wir haben die Blumensträuße unseren Lehrerinnen geschenkt.

Wie sehr ich die Lehrerinnen damals bewundert und mich mit ihnen identifiziert habe! Ich habe selbst Kinder unterrichten wollen, deshalb sind sie meine Vorbilder gewesen. Deswegen habe ich sie auch gerne privat besucht oder ihnen beim Koffertragen geholfen. Doch der Krieg hat alles verändert. Niemals sollte ich Kindergärtnerin werden! Eines der ganz wenigen Dinge in meinem Leben, denen ich heute noch ein wenig nachtrauere.

Bevor ich vom Krieg erzähle, möchte ich noch sagen, was ich mit der Peppi erlebt habe. Diese Geschichten sind zwar nicht so wichtig wie die Geschichten vom Krieg, dennoch sind sie mir genauso in Erinnerung geblieben.
Zum Beispiel habe ich mit meiner Freundin Peppi gerne Erdbeeren gestohlen. Wenn wir erwischt worden sind, hat es dafür Schläge vom Besitzer gegeben. Da sind wir erst recht noch einmal in den Acker, damit sich die Ohrfeigen auch wirklich ausgezahlt haben.
Als ich dreizehn Jahre alt war, haben wir etwas weitaus Blöderes angestellt. Ich bin mit meiner Freundin bis zur Molkerei in Aschbach gegangen, und wir sind an eine Stelle gelangt, wo eine lange Brücke mit einem Rundbogen aus Beton darüber die beiden Ufer der Url miteinander verbunden hat.
Die Peppi hat sich geweigert, aber ich habe unbedingt oben auf dem Rundbogen die Url überqueren wollen. Da es nichts zum Anhalten gegeben hat, habe ich kriechen müssen. Eine halbe Stunde später war der Spuk vorbei! Vor lauter Angst bin ich auf halber Strecke Zentimeter für Zentimeter rückwärts gekrochen. War ich froh, dass nichts passiert ist. Zuhause haben wir natürlich nichts erzählt, das ist bis heute Peppis und mein Geheimnis geblieben. Soviel zu den kleinen Geschichten, nun folgen die großen. Die schweren. Die Kriegserlebnisse.

Mein Ziehvater Johann hat 1942 einrücken müssen und ist bald darauf als vermisst gemeldet worden. Meine leibliche Mutter hat nichts von ihm gehört und keine Informationen über ihn erhalten. Ganze zwei Jahre lang hat es kein Lebenszeichen von ihm gegeben! Bis 1944 eine Karte gekommen ist. Auf dieser ist gestanden, dass er am Leben, aber in russischer Gefangenschaft ist. Nach dreieinhalb Jahren ist er 1946, schwer angeschlagen (er hatte nur noch ein Viertel Magen), wieder nach Aschbach heimgekehrt.

Trauriger und weitaus tragischer ist die Geschichte von meinem leiblichen Vater, Michael Hirtenlehner. Grundsätzlich könnte mir seine Geschichte ja egal sein, diese aber würde selbst einen Außenstehenden nicht kalt lassen. Mein Vater hat gleich nach meiner Geburt eine andere Frau (Theresia Schoder) geheiratet. Sie hat ihm drei Kinder geboren: Caroline, Franz und Michael. Leider ist sie lungenkrank gewesen und hat viel Zeit in der Heilanstalt in Bad Kreuzen verbringen müssen, wohin sie regelmäßig zur Erholung gefahren ist.
Die andere Zeit hat sie in Wolfsbach verbracht, wo sie gemeinsam ein kleines Haus gehabt haben. Und dort habe ich die Frau auch kennen gelernt. Meine Großmutter hat mich öfters zu ihr mitgenommen, weil es ja ihre Schwiegertochter gewesen ist. Durch die Besuche habe ich sie besser als meinen leiblichen Vater gekannt. Wer kann das schon behaupten? Die Stiefmutter besser zu kennen als seinen Vater? Obwohl wir nicht einmal im gleichen Haushalt gelebt haben! Sie war eine sehr nette Dame, ich habe keine Probleme mit ihr gehabt.

Eines Tages aber ist sie mit meinem leiblichen Vater bei Großmutter aufgetaucht. Die beiden haben Urlaub gehabt und

Großmutter besucht. Das hat mir gar nicht gepasst! Ich habe kein Problem gehabt, die Frau zu besuchen, aber sehr wohl damit, dass die beiden zu uns nach Kürnberg heraufkommen! Schließlich war es mein Zuhause! Michael Hirtenlehner hat kein Recht gehabt, mich dort zu besuchen! Ich bin sofort aus dem Haus gegangen und zu den Nachbarskindern gelaufen, um mich abzulenken. Stunden später, als ich mir gedacht habe, dass sie schon weg sein könnten, bin ich wieder heim. Aber der Besuch war noch da! Deswegen bin ich nicht ins Haus hinein, sondern auf einen Baum geklettert. Da oben habe ich darauf gewartet, dass sie endlich verschwinden! Ich wollte nichts mit Michael Hirtenlehner zu tun haben, ich war ja damals ein Kind und habe so eine Wut auf ihn gehabt! Es war seine Schuld, nie hat er versucht eine Beziehung zu mir aufzubauen. Er hat mir nichts gekauft, nichts geschenkt, nie mit mir geredet! Als Michael Hirtenlehner und seine Frau nachhause gegangen sind, haben sie mich natürlich in der Baumkrone sitzen sehen, die vielen Blätter haben meine schlanke Figur nicht zu verstecken vermocht. Die beiden haben meinen stillen Protest akzeptiert und sind grußlos davongegangen.

Mein leiblicher Vater hat gleich zu Kriegsbeginn nach Afrika einrücken müssen. Dort war er bis auf eine Unterbrechung ein paar Jahre lang stationiert, bis er sich mit Malaria angesteckt hat und einige Tage das Bett hat hüten müssen. Da ist ihm mitgeteilt worden, dass zuhause im weit entfernten Wolfsbach seine Frau mit 31 Jahren überraschend an einer Gehirnhautentzündung verstorben ist. Der Tod hat nichts mit der Lungenkrankheit zu tun gehabt, die zwar ihr Leben eingeschränkt hat, aber nicht tödlich gewesen wäre. Für Michael Hirtenlehner ist eine Welt zusammengebrochen! Sofort hat er seine Vorgesetzten um

Heimaturlaub gebeten. Die Ärzte haben ihm dringend davon abgeraten, weil er noch nicht vollkommen gesund war, doch er hat darauf bestanden und sich auch durchgesetzt.

Daheim hat er sich dann um seine Kinder und um das Begräbnis gekümmert, das im April 1943 stattgefunden hat. Es hat nicht lange gedauert, da hat ihn die Malaria wieder eingeholt. Er ist rückfällig geworden und hat hohes Fieber bekommen. In diesem kritischen Zustand ist er gemeinsam mit seinem jüngsten Sohn Michael zu meiner Großmutter gefahren. Die anderen beiden Kinder hat er zur Mutter seiner verstorbenen Frau geschickt.
In Kürnberg ist zwischen Großmutter und meinem Vater ein Streit entfacht.
„Du bist teilnahmslos zu der Mitzi gewesen", hat sie ihrem kranken, trauernden Sohn vorgeworfen. „Schlussendlich hat es dir auch kein Glück gebracht, dass du dich nie um dein Kind gekümmert hast!" Die scharfen Worte haben selbst mich überrascht. (Ich habe natürlich wieder durch das Küchenfenster gelauscht.) Dennoch hat sie ihm nicht die Bitte ausschlagen können, seinen Sohn Michael aufzunehmen. Einen Tag später hätte mein leiblicher Vater wieder nach Afrika einrücken müssen. Das ist ihm zuviel geworden. Was auch immer er sich im fiebrigen Zustand gedacht hat, es hat dazu geführt, dass er einen Zug bestiegen hat. Auf Höhe Hainburg an der Donau hat er die Tür geöffnet, ist aus dem Waggon gesprungen, zur Donau gelaufen und hat sich ins kalte Gewässer gestürzt. Als schlechter Schwimmer und vom Fieber angeschlagen, wäre es ein kurzer Todeskampf geworden, hätten ihn nicht zwei Leute gesehen und ihn lebend aus dem Wasser gefischt. Die Rettungsaktion war allerdings umsonst – drei Tage später ist Michael Hirtenlehner an den Folgen seines hohen Fiebers verstorben. Seine drei Kinder sind dadurch zu

Vollwaisen geworden. Während sein Sohn, der Michael, ab da bei meiner Großmutter aufgewachsen ist, sind die beiden anderen Kinder endgültig zur Großmutter mütterlicherseits gebracht worden.[25)]

Der Krieg ist in den nächsten Jahren spürbarer geworden. Krieg hat zunächst bedeutet, dass immer weniger Männer um dich herum zu sehen waren. Als hätte es in diesem Land ausschließlich Frauen und Kinder gegeben. Die Todesnachrichten von männlichen Verwandten haben sich gehäuft. Von Männern, die in einem Krieg gefallen sind, der vom Gefühl her weit weg war, so als würde es ihn überhaupt nicht geben. Doch 1944 ist der Krieg auch zuhause angekommen. Ab diesem Zeitpunkt sind wir nicht mehr viel in die Schule gegangen oder oft schon um zehn Uhr heimgeschickt worden, weil es keinen Luftschutzkeller im Schulhaus gegeben hat. Immer, wenn Fliegeralarm ausgerufen worden ist, haben wir in etwa eine halbe Stunde Zeit zum Heimgehen gehabt. Zuhause hat man sich besser schützen können, weil die meisten auf abgelegenen Bauernhäusern gelebt haben. Die sind weniger gefährdet gewesen als öffentliche Einrichtungen.
Das Zur-Schule-Gehen ist zur Nervenprobe geworden und zunehmend für Kriegszwecke missbraucht worden. Fast täglich sind wir in den Wald geschickt worden, um Teeblätter für verwundete Soldaten zu sammeln. So eine Gemeinheit, vorher sind wir in der Unterrichtszeit nie in den Wald gegangen!
Gleichzeitig sind mehr und mehr Flüchtlinge ins Land geströmt. Die meisten sind aus Siebenbürgen gewesen und mit ihren ausgehungerten Ochsen und ihrem bisschen Hab und Gut durch das Land gezogen.

[25)] Früher war es üblich, Geschwister einfach aufzuteilen, wo gerade Platz gewesen ist.

Immer öfter hat die Sirene geheult, meist haben wir uns rechtzeitig zurückziehen können. Aber einmal hat der Alarm nicht funktioniert. Es war an einem sonnigen Nachmittag. Trotz ein paar Wolken ist es zu Mittag richtig warm gewesen. Wie andere Schüler habe auch ich an jenem Tag meine Weste über die Schultasche gehängt. Meine Schultasche! – Ach Gott, die ist aus Leinen gewesen und hat nie lange gehalten. Ständig bin ich zum Schuster gelaufen, damit der sie mir wieder zusammennähen hat können.

Ich habe mich also von meinen Klassenkolleginnen verabschiedet und die Mädchen gesucht, mit denen ich immer nachhause gegangen bin. Wir waren gerade dabei, uns auf den Weg zu machen, als wieder Fliegeralarm ausgerufen worden ist. Wir haben das nicht ganz so ernst genommen (weil wir ja doch immer genügend Zeit zum Heimgehen gehabt haben) und ein bisschen vor dem Schulgebäude getrödelt. Da hat uns eine Lehrerin aufgefordert, sofort loszugehen. Im selben Moment hat eine Sirene Entwarnung gegeben. Die Lehrerin hat darauf bestanden, dass wir dennoch rasch heim sollten. Sicher ist sicher! „Ja, ja!“, haben wir gesagt, um sie zufriedenzustellen und sind in einer Gruppe von sechs Kindern die Gleise entlang gegangen. Das ist der längere Schulweg nach Hause gewesen. Wir haben uns Witze erzählt und nebenbei beobachtet, wie ein Urlauberzug mit nur wenigen Waggons im Bahnhof eingefahren ist. Schließlich haben sich unsere Wege getrennt, und ich bin mit einem Mädchen, das nicht viel älter als sieben Jahre gewesen ist, in einen kleinen Waldweg eingebogen. Kürzlich hat da jemand die Äste gestutzt, der Weg war viel offener und freier als wir es sonst gewohnt waren. Plötzlich haben wir einen Tiefflieger gesehen, der immer näher auf uns zugeflogen ist. Ich habe mich unter einem Baum verstecken

wollen, da wir hier nur wenig Schutz gehabt haben, aber das kleine Mädchen ist auf eine Lichtung gelaufen, um besser sehen zu können.
Dann ein lauter Knall – der Tiefflieger ist wenige Meter über unseren Köpfen vorbeigesaust! Mein Herz hat mir bis zum Hals geschlagen. Für Sekunden habe ich außer einem Sausen im Ohr nichts gehört. Vom Geräusch benebelt habe ich kurz angehalten und nach vorne geschaut. Das Mädchen ist auf die kleine Anhöhe gelaufen, und der Tiefflieger hat sie dabei wie ein Magnet angezogen!
„Versteck dich!“, habe ich ihr zugeschrien. Weil ich keine Antwort bekommen habe, habe ich so laut wie möglich gerufen. Das Mädchen hat nicht reagiert, womöglich hat es auch ein Sausen im Ohr gehabt. Es hat neugierig dem Flieger nachgeschaut, ich habe ihr also nachlaufen müssen. Ich habe versucht, das Mädchen ins Gebüsch zu ziehen, doch da sind schon die ersten Schüsse gefallen. Zwischen den Bäumen haben wir auf die Gleise gesehen. Der Zug, der zuvor im Bahnhof eingefahren ist, ist vom Tiefflieger mit Maschinengewehren beschossen worden. Auf der langen, weiten Ebene und wegen der niedrigen Geschwindigkeit (der Zug hatte gerade den Bahnhof verlassen) ist er den Schüssen völlig ausgeliefert gewesen. Erst nach Minuten ist der Flieger abgerückt und in den Wolken verschwunden.
So schnell habe ich gar nicht schauen können, hat das kleine Mädchen meine Hand losgelassen und ist den Hang hinuntergelaufen. Ich habe wohl oder übel hinterher müssen. Völlig durchschwitzt sind wir im Tal angekommen und haben gesehen, wie der Zug wie ein Schweizer Käse durchlöchert war.
Frauen sind in die Waggons gerannt, ihre Kleinkinder haben in der Zwischenzeit alleine bei ihren größeren Geschwistern warten müssen. Vier tote Soldaten sind von den Helferinnen aus dem

vorderen Waggon geborgen worden, die Verletzten haben sie notdürftig versorgt.

Nach der raschen Bergung habe ich eine laute Stimme gehört: „Weg von hier! Hier sind wir vollkommen ausgeliefert!“ Der Zug ist inmitten einer offenen Fläche gelegen, weit und breit hat kein Baum Schutz geboten. Würde da der Tieflieger nochmals auftauchen, hätte er ein leichtes Spiel mit uns gehabt! Die Schaulustigen sind zurückgeblieben, die Vernünftigen haben Unterschlupf beim nahen Aubauern, meinem Geburtshaus gesucht. Das kleine Mädchen und ich haben zu den Vernünftigen gehört. Aber auch die Unvernünftigen haben Glück gehabt: Der Flieger ist nicht mehr zurückgekehrt.

Der Krieg und seine Auswirkungen haben nicht nur meinen leiblichen Vater, sondern auch meine Großmutter mit voller Härte getroffen...

13.
Sepp
–
Meine Heimkehr vom Krieg
(1945)

Ich bin also vor zwei Russen gestanden, in der Nähe vom Bahnhof, siebenhundert Meter vor den Wäldern, in denen ich abtauchen hab' wollen. Die beiden sind wirklich auf die Idee gekommen, mich da unten abzutasten. Der Größere der beiden ist mit einem Grinsen auf mich zugegangen, der andere hat finster dreingeschaut, die Finger am Abzug. Ich habe sehr darauf geschaut, mich nur ja nicht zu bewegen. Den Revolver habe ich nämlich zwischen meinen Pobacken gehabt. Ich habe Angst gehabt, dass er mir runterfallen würde. Zum Glück ist er geblieben, wo er hat bleiben sollen, und die Russen haben den Revolver nicht entdeckt. Die beiden haben dann nochmals meinen Pass kontrolliert und wild gestikulierend auf Russisch zu diskutieren angefangen. Wie ein Verurteilter bin ich nun vor meinen beiden Richtern gestanden und habe abwarten müssen. (So eine Szene habe ich schon einmal erlebt, mit Toni, als der Sepp das Bett angezündet hat. Auch wenn es jetzt hier um Leben und Tod gegangen ist, so habe ich es als Kind genauso schlimm empfunden.)
Schließlich haben sich die Russen an mich gewandt und mir gedeutet, Richtung Ulmerfeld[26] zu gehen. Dort hätte ich mich zu

[26] Ulmerfeld liegt auf halbem Weg zwischen Kröllendorf und Amstetten.

melden. Ich wollte aber ins Gansberg, nicht nach Ulmerfeld oder gar nach Amstetten! Da hätte ich erst gar nicht vom Zug abspringen müssen, da würde ich sicherlich festgenommen werden! Zum Schein bin ich also ein paar Meter Richtung Ulmerfeld gegangen. Ich habe mich aber ständig zu ihnen umgedreht. Nicht, dass mich einer auch noch von hinten abknallen würde! Ich bin vorsichtig gegangen und kaum vom Fleck gekommen – und die erste Kurve ist noch weit vor mir gelegen!
Auch die Russen haben mir nicht getraut und nachgeschaut, ob ich eh da hingehe, wo ich hingehen soll. Nach etwa fünfzig Schritten hat es mir „gereicht" (= habe ich die Geduld verloren). Ruckartig bin ich beim Haus des Riesenbergers hinter einen Heustadel gesprungen. Die Russen haben sofort das Feuer eröffnet und mir nachgeschossen. Ich habe meinen Trommelrevolver gezückt und bin in die Knie gegangen. Der Schuppen war aus morschen Brettern und ist von der Sonne ganz bleich und spröde gewesen. Ganz unten haben drei Bretter gefehlt, möglicherweise hat da jemand dringend Brennmaterial gebraucht. Dadurch habe ich sehen können, dass sich die Russen beratschlagen.
Ich habe also gewartet und darauf gehofft, dass sie nicht zu mir herkommen. Da vergeht die Zeit ganz schön langsam. In diesem Augenblick schießen einem die dümmsten Gedanken durch den Kopf. Ob die Kathi bereits französische Kinder geboren hat?
Ob sich der Sepp noch immer vor Krampussen fürchtet?
Ob auch andere Soldaten ihre Waffen nicht abgegeben haben?
Ob ihnen das Glück oder Pech gebracht hat?
Da ich länger keine Schüsse mehr gehört habe, habe ich unter den Brettern hervorgeschaut. Ich habe keine Russen mehr gesehen! Vielleicht haben sie mich nur erschrecken wollen, oder ich bin ihnen die Mühe nicht wert gewesen. Zur Sicherheit habe ich noch eine Viertelstunde abgewartet, ehe ich zwischen dem

Langthalerhaus und der Obstverwertung in Richtung Wälder verschwunden bin.

Im Gansberg ist alles wie früher gewesen. Das Haus ist unbeschädigt am Hang gestanden. Die Tiere waren auf der Weide, das Gras war mit Löwenzahn nur so übersät.
Als ich die Türe geöffnet habe, sind mir drei Kinder entgegengelaufen. Sie sind mir um den Hals gefallen, als wäre ihr Vater nachhause gekommen. Nach dem Abschmatzen habe ich gesehen, wie die Kathi von der Stiege heruntergekommen ist. Sie hat etwas abgenommen gehabt, ihre Haut ist über den Winter blass und bleich geworden. Als sie mich erkannt hat, haben sich ihre Gesichtsmuskeln entspannt. Eine Träne ist über ihre Wange gelaufen. Hat sie sich gefreut oder war sie traurig, weil ich nicht ihr Mann gewesen bin? Ich habe sie nicht überrumpeln wollen.
„Ist der Johann hier?“ Ich habe gehofft, den Franzosen wiederzusehen. Er ist ja mein Freund gewesen.
„Ist nicht mehr hier“, hat Kathi erwidert.[27)] Das kleinste Kind, der Franz, ist zu ihr gelaufen und hat sich an ihr Hosenbein geklammert. Die anderen beiden Kinder haben Fangen gespielt.
„Und Onkel Toni?“, habe ich mit leiser Stimme gefragt. Sie hat es mir nicht sagen müssen. Ich habe es an ihren Augen erkannt, dass er es nicht geschafft hat. Später habe ich erfahren, dass er im März 1945 durch einen Bauchschuss in Tschechien getötet worden ist. Onkel Karl hingegen hat überlebt und mit seiner Ehefrau in Hiesbach eine Familie gegründet.
Zu meiner Überraschung hat es einen fünften Bewohner im Gansberg gegeben. Es war ein Soldat namens Franz, der sich im Haus versteckt hat, vermutlich weil er ein „SS’ler“ gewesen ist.

[27)] Er hat den Krieg überlebt und sogar Jahre später einmal das Gansberg besucht.

Er hat weniger gut als Johann ausgesehen. Ich glaube daher nicht, dass die Kathi etwas mit dem gehabt hat.

Die Russen sind nicht gleich ins Gansberg gekommen, dafür sind wir viel zu weit „vom Schuss“ gelegen. Grundsätzlich sind sie in fast jedes Haus gegangen. Die Leute neben der Straße haben es am schwersten gehabt, denn da sind die Russen nur schnell vom Auto runtergesprungen und rein ins Haus. Da war kein Rock sicher! Vor allem in den ersten Wochen, wo nichts geregelt war, war es am schlimmsten. Aber nicht alle Russen waren so, manche haben bloß ihre Arbeit als Kontrollor gemacht und sind freundlich zu den Leuten gewesen.
Auch wenn wir sehr abgeschieden gelebt haben, irgendwann sind sie dann doch auch ins Gansberg gekommen. Fünf Russen. Vier haben einen Vollbart gehabt, der fünfte Soldat einen Schnauzer. Sie haben sich nicht für die Kathi interessiert, auch nicht für die Kinder, sondern ausschließlich für mich...

14.
Mitzi
-
Zurück bei Großmutter
(1944/45)

Großmutter hat im Krieg über die Marken hinaus Dinge eingekauft, was damals streng verboten gewesen ist. Mit Butter, Fleisch und Eiern hat sie Tauschgeschäfte gemacht, die ein normaler Bürger nicht hat machen können. So ist sie zu Mauerziegeln, Weidenzäunen, Holzpfählen, einem Herd und einem grünen Kachelofen gekommen – alles, was für Renovierungsarbeiten brauchbar war, hat sie sich zugelegt. Sie hat darauf gewartet und gehofft, dass ihr Karl aus dem Krieg nach Hause kommt und dann den Hof neu aufbaut.

Großmutter hat in der zweiten Kriegshälfte viele Tragödien verdauen müssen. Der Reihe nach sind ihre Kinder aus dem Leben gerissen worden. Ihre behinderte Tochter Theresia ist 1941 gestorben, ihr Sohn (mein Vater) Michael hat sich 1942 das Leben genommen und Onkel David ist 1943 an der Ostfront gefallen. Von ihren Söhnen ist also nur noch der Karl übrig geblieben. Der Karl, auf den sie so sehr gesetzt hat, auf dem die Zukunft ihres Hofes gelegen ist.[28)]

Kein Bote hat mehr zu uns ins Oo-Häuserl raufwollen, jeder hat gewusst, dass meine Großmutter bis auf einen Sohn alle verloren hat. Ihr Ehemann ist schon im Ersten Weltkrieg gefallen.
Es war Dezember 1944, fünf Tage vor Weihnachten. Ich war bei Großmutter, weil die Schule bereits geschlossen war. Während ich mich auf den Heiligen Abend gefreut habe, hat meine Großmutter gehofft, dass ihr Sohn Karl vielleicht zu den Feiertagen nachhause kommt. Und dann hat es an der Tür geklopft. Es muss noch zeitig in der Früh gewesen sein, denn ich bin gerade erst aufgestanden und habe mein Bett gemacht, sodass Großmutter vor mir an der Tür gewesen ist.
Herr Müller, ein kleiner Mann, der wie ein Bub ausgesehen hat, in Wirklichkeit aber über dreißig Jahre alt gewesen ist, hat sich die Schuhe abgeputzt und gefragt, ob er reinkommen darf.

[28)] Der Karl, den ich in meiner Kindheit gerne geärgert habe und der mich trotzdem mit Süßigkeiten verwöhnt hat.

Großmutter hat genickt und ist innerlich verfallen. Ich habe sie gestützt, zum Tisch gebracht und sie auf den Stuhl setzen lassen. „Nicht auch noch Karl", hat sie still in sich hineingesagt. Der Bote dürfte das gehört haben und hat tief durchgeatmet. Lauter, als er gewollt hat, denn indem er sich kurz wegdreht hat, hat er sich verraten.

„Ich habe alles für ihn hergerichtet. Alles!", hat Großmutter gesagt. „Wer soll denn nun den Zaun aufstellen? Wofür habe ich so lange geschuftet, um mir die Mauerziegel leisten zu können? Was soll ich nur mit einem Kamin anfangen? Können Sie, Herr Müller, können Sie mir das sagen, hmm...?"

Nach diesen Worten ist es Herrn Müller schwergefallen, den Blick meiner Großmutter zu halten. Mit geröteten Augen hat er sich auf die Lippen gebissen.

„Es tut mir leid", hat Herr Müller mit sichtlich gerührter Stimme gesagt, „aber ich muss Ihnen mitteilen, dass Ihr Sohn Karl in Wissen Sieg gefallen ist..." Er hat in seiner Manteltasche nach dem Brief gekramt und ist nervös geworden, weil er ihn nicht gleich gefunden hat.

„Solange ich den Brief nicht gesehen habe, glaube ich das nicht!", hat Großmutter gesagt und wieder Hoffnung geschöpft. „Nein, das ist nicht wahr! Sie haben sich geirrt! Ich weiß, dass Karl noch lebt! Eine Mutter spürt so was!" Großmutter ist nicht wiederzuerkennen gewesen. Sie hat vor sich hingeredet, so leer und so unbestimmt, und ist geistig völlig woanders gewesen.

Herr Müller ist vor Scham fast im Boden versunken. Er hat gewusst, dass er Großmutter ohne diesen Brief nicht vom Tod ihres letzten Sohnes überzeugen kann.

„Entschuldigen Sie", hat er sich verabschiedet. „Aber ich muss den Brief holen, ich komme in zwei Stunden wieder. Es tut mir ehrlich leid, Frau Altenreiter."

In den folgenden zwei Stunden hat Großmutter nicht mit mir gesprochen. Manchmal habe ich sie flüstern gehört. Sie hat sich fest eingeredet, dass der Bote niemals den Brief finden würde. Niemals!
Fast auf die Minute genau ist er aber wieder vor der Türe gestanden. Ohne etwas zu sagen hat er ihr das Kuvert überreicht. Sie hat den Brief überflogen, den Boten weggeschickt und ihn schließlich mehrmals durchgelesen, ehe sie für lange Zeit im Schlafzimmer verschwunden ist. Den Brief hat sie am Küchentisch liegen gelassen. Das Stück Papier war braun, hat am linken oberen Rand einen Fleck gehabt und war auf einer Schreibmaschine getippt. Ein paar Fehler waren mit der Hand und grüner Tinte ausgebessert. Ich habe mich gesetzt und den Brief[29] durchgelesen.

Reserve Lazarett Wissen Sieg *22 Wissen, den 14. Dezember 44*

Sehr geehrte Frau Altenreiter!

Ich habe die traurige Aufgabe und Pflicht Ihnen mitteilen zu müssen, dass Ihr Sohn Gefr. Karl Altenreiter am 10. Dezember 1944 vormittags um 9 Uhr plötzlich, nachdem er am Tage vorher durch einen Lazarett-Zug hier zur Aufnahme gekommen war, verstorben ist. Anscheinend ist während der Fahrt in dem Lazarett-Zug eine unvorhergesehene und nicht zu erwartende Verschlimmerung seines Gesamtzustandes eingetreten, die denn auch den Tod verursachte. Leider war er in einem erheblich benommenen Zustand, der es nicht zuließ, Genaueres über die Entstehung seiner eigentlichen Erkrankung oder Verletzung zu erfahren.

[29] Der Originalbrief ist auf Seite 189 abgedruckt.

Aus all den mir bekannten Nachrichten durch den Lazarett-Zug, ist anzunehmen, dass Ihr Sohn auf dem schnellsten Wege vom Frontgebiet über einen Hauptverbandplatz und ein Kriegs-Lazarett hier eingeliefert worden ist. Dies musste ich auch schon annehmen aus der Tatsache heraus, dass für Ihren Sohn keinerlei krankengeschichtliche Unterlage von besonderer Art mitgegeben war, aus welcher man hätte ersehen können, was der eigentliche Grund seines Ausscheidens aus der Front gewesen ist. Einzig und allein konnte ich nach mehrfachem eindringlichsten Fragen von ihm noch erfahren, dass er durch Artillerie-Einschlag verschüttet gewesen ist. Die Folgen dieser Verschüttung sind aber nur teilweise die Ursache seines Ablebens gewesen, die Todesursache selbst ist das Herz- und Kreislaufversagen gewesen, welches im Wesentlichen auf eine schwerere Herzmuskelentzündung und beginnende Lungenentzündung zurückzuführen ist.

Sie können versichert sein, dass hier für Ihren Jungen alles getan worden ist, was in diesem schweren Zustande noch möglich war. Es tut mir leid, dass ich nicht mehr für ihn und damit für Sie habe tun können. Zu Ihrem Troste kann ich Ihnen mitteilen, dass Ihr Junge ohne jeglichen Todeskampf, nachdem er aber noch geistlichen Beistand hatte, verschieden ist. Zu dem Sie betroffenen herben Verlust spreche ich Ihnen mein tiefempfundenes Beileid aus und wünsche und hoffe, dass Sie in Gedanken daran, unserem verehrten Führer und Vaterlande das größte Opfer, was Sie haben selbst bringen können, gebracht haben, sich tapfer über diesen schmerzlichen Eingriff in Ihr persönliches Leben hinwegsetzen.

Mit besten Grüßen und Heil Hitler!

Stabsarzt u. Chefarzt

Wie geht es einer Mutter, die im Ersten Weltkrieg ihren Ehemann verloren und dann vier Kinder großgezogen hat und zusehen muss, dass auch ihre Kinder der Reihe nach sterben? Wie geht es jemandem, der darauf wartet, dass zumindest ein Sohn vom Krieg heimkehrt und dann diesen Brief lesen muss? Einen Brief, der ihr das letzte Stück Hoffnung und Zukunft genommen hat. Der Brief, der bedeutet hat, all die angehäuften Sachen verkaufen oder verkümmern lassen zu müssen.[30] Viele Menschen würden daran zerbrechen. Großmutter hingegen hat sich danach nicht mehr viel anmerken lassen, sie hat versucht, eine starke Frau zu sein. Meine Großmutter war gläubig, nicht tiefgläubig, aber gläubig. Möglicherweise hat sie dadurch Kraft zum Weitermachen gefunden. Trotzdem war dieses Weihnachten das bitterste und hoffnungsloseste „Frohe Fest", das ich je hab' erleben müssen.

Nach und nach sind mehr Bomben vom Himmel gefallen, die meisten davon in Amstetten, was wir von Kürnberg aus beobachtet haben.
Zu dieser Zeit sind wir schon längst nicht mehr in die Schule gegangen. Ich habe die dritte Klasse nicht mehr abschließen können, schon zuvor hat es Unterbrechungen (Kohlferien) gegeben. Das Schulgeäude hat nicht mehr beheizt werden können. Außerdem sind 1945 Soldaten in der Schule einquartiert worden, an Unterricht war nicht mehr zu denken. Daher bin ich seit Dezember 1944 fast durchgehend bei Großmutter geblieben. Dann ist das Kriegsende ausgerufen worden. Weil ich mit vierzehn Jahren, die ich im September geworden bin, ohnehin mit

[30] Manche Ziegel sind von den Russen mitgenommen worden, weil sie geglaubt haben, wir hätten sie von einem Arbeitslager mitgehen lassen.

der Schule aufhören habe können, bin ich schlussendlich ohne Austrittszeugnis dagestanden.

Für mich hat es nur eins gegeben: Nach Kürnberg zu ziehen, um meine Großmutter zu unterstützen! Nicht nur moralisch, sondern auch in der Landwirtschaft (aber Weidenzäune aufstellen oder Kamine installieren habe auch ich nicht können). Sie war sechsundsechzig Jahre alt und damit in ein Alter gekommen, wo ihr die harte Arbeit zu schaffen gemacht hat. Für den endgültigen Umzug hat mir jedoch noch die Genehmigung gefehlt.
Ich habe meine Mutter gefragt, die gemeint hat, dass ich das selber wissen muss. Hätte sie mich nicht gelassen, wäre ich davongelaufen. Ich habe ja Großmutter in der schweren Zeit helfen müssen.[31)]

Jetzt habe ich fest zu arbeiten begonnen. Futter mähen, Tiere füttern, Kühe melken, Stall ausmisten, Schwammerl suchen, Äcker pflügen, Kartoffeln klauben, Holz hacken – es hat reichlich viel zu tun gegeben. Am meisten hat mir das Heimtragen vom Heu zu schaffen gemacht. Dafür sind in der Wiese große Tücher aufgelegt, das Heu reingepresst und zu einem großen Pinkel zusammengebunden worden. Großmutter hat das Heu auf dem Kopf heimtragen können. Ich hingegen war damals ein Strich in der Landschaft, mir ist der Pinkel jedes Mal von meinem kleinen Kopf gerutscht. Deswegen habe ich von zuhause einen Radltrog mitgenommen, ihn den ganzen Hang hinaufgeschoben und dann damit das Heu heimgeführt. „Geh hinter mir", hat Großmutter gesagt, „ich will das nicht sehen!"

[31)] Und der Wunsch, Kindergärtnerin zu werden, ist nun endgültig ausgeträumt gewesen.

Oft ist es anstrengend gewesen, aber ich habe die Arbeit in der Natur geliebt, ich habe die Tiere geliebt. Es hat mir jedes Mal einen Stich gegeben, wenn ein Vieh abgeschlachtet worden ist. „Nie esse ich von diesem Fleisch, niemals!“, habe ich zu Großmutter gesagt. Sie hat nur still gelächelt und gemeint, dass ich verrückt bin. Und jedes Mal habe ich nur einen Tag lang durchgehalten.

Von der langen, anstrengenden Arbeit bin ich sehr müde geworden. Ich habe mich nur einmal getraut, mich während der Arbeit hinzusetzen.

„Schämst du dich nicht?“, hat mir Großmutter ein schlechtes Gewissen gemacht. „Wenn dich da jemand sieht…“

Wie gesagt, ich habe mich nur ein einziges Mal getraut.

Der Krieg ist zu Ende gegangen und der Mai angebrochen. Und mit dem Mai sind auch die Russen gekommen. Es hat ja eine Grenze zwischen den Amerikanern und den Russen gegeben. Alles, was westlich von der Enns gelegen ist, hat den Amerikanern gehört, die östlichen Gebiete (zum Beispiel Niederösterreich) haben die Russen besetzt. Hat man die Besatzungszone überschreiten wollen, hat man sich mit seinem Pass ausweisen müssen. Die Grenze ist also knapp an meinen zwei Heimatorten vorbeigelaufen. Kürnberg und Aschbach sind russische Zone gewesen.

Die Russen haben nicht gleich zu uns heraufgefunden, es wird schon Juni gewesen sein. Zu uns hat ja keine Straße heraufgeführt, und durch den dichten Wald hat man unser Haus nicht gleich gesehen. Unser Pech war, dass im Krieg ein Arbeitsdienstlager nur fünf Gehminuten entfernt aufgeschlagen worden ist. Ungefähr dreißig bis vierzig Leute haben in jeder der acht Baracken gelebt. Nicht nur Österreicher, auch Siebenbürger

und Männer aus anderen Ländern waren stationiert, vor allem Offiziere.
Was sie genau getan haben, weiß ich nicht, meistens habe ich sie mit Schaufeln ausmarschieren gesehen. Ich habe mich gefragt, was sie mit dem Werkzeug vorhaben. Es war mir ein Rätsel und ist mir eines geblieben.
Die Offiziere sind gerne bei uns gewesen, um heimlich ausländische Sender im Radio zu hören, was damals strengstens verboten gewesen ist. Sie haben also gewusst, dass es unser Haus gibt. Als der Krieg zu Ende gewesen ist, haben alle aus dem Lager wegdürfen (auch die Offiziere). Gleichzeitig haben die Österreicher begonnen, das Arbeitslager zu plündern. Bis Großmutter und ich hingekommen sind, war fast nichts mehr da. Alles war schon mitgenommen worden: Geschirr, Küchengeräte, Bettwäsche, dicke Decken, Taschenlampen, Uniformen, sogar die Schaufeln waren weg! Wir haben nur noch ein paar mickrige Lavoirs, ein Leintuch und drei Teller mit einem blauen Reichssymbol ergattert (die ich heute noch aufbewahre – ist das eh nicht strafbar?). Außerdem haben wir noch eine Holzpritsche aus dem Bunker mitgehen lassen. Die haben wir vor unserem Häuserl aufgestellt und sind dann an lauen Abenden gemütlich darauf gesessen.
Aber das Plündern war nicht das Problem! Es war ein Besuch von einem Soldaten, der uns Schwierigkeiten bringen sollte.
Er ist vom ehemaligen Arbeitslager gekommen und plötzlich vor unserer Tür gestanden. Er hat in gebrochenem Deutsch gesprochen, wir haben auf einen Siebenbürger getippt. Aus der Manteltasche seiner braunen Uniform hat eine Pistole herausgeblitzt. Ich kann mich nicht mehr an Details erinnern, er hat wahrscheinlich unauffällig ausgeschaut. Der junge Mann hat uns mitgeteilt, dass er sich nicht traut, über die Grenze im Westen zu den Amerikanern zu gehen und gefragt, ob er bei uns schlafen

darf. Großmutter hat auf Fremde zwar immer mürrisch reagiert, hat aber ein großes Herz gehabt. Vor allem, wenn es sich wie in diesem Fall um einen siebzehnjährigen Burschen gehandelt hat, der sich in ihrem Haus vor den Russen verstecken hat wollen. Großmutter hat es dem Siebenbürger für zwei Nächte erlaubt.
„Aber keinen Tag länger!"
Am nächsten Nachmittag, bevor wir den Siebenbürger wegschicken haben können, ist ein Russe in Zivil bei uns aufgetaucht. Er hat im Haus zu suchen begonnen. Eigentlich hat er nur Schnaps finden wollen, aber gefunden hat er den Siebenbürger. Mein Halbbruder Michael war noch in der Schule, Großmutter und ich sind im Türrahmen zur Küche gestanden, der Siebenbürger im Vorraum, genau dem Russen gegenüber. Großmutter hat mir ein Zeichen gegeben, langsam in Richtung Küche zu verschwinden. Aber ich war nicht fähig, mich zu rühren. Ich bin wie versteinert dagestanden und habe nicht wegschauen können.
„Du SS!", hat der Russe gesagt. Er hat nach Schnaps gerochen und ist sichtlich betrunken gewesen.
„Nein, Arbeitsdienstler", hat der Siebenbürger geantwortet.
„Ich schießen!" Der Russe hat seine Pistole gezogen und auf ihn gerichtet. Der Siebenbürger hat geschluckt. Großmutter und ich haben gewusst, dass er seine Pistole auf seinem Schlafplatz liegen hat. Er ist also unbewaffnet gewesen und hat die Hände in die Höhe gestreckt.
Der Russe ist nach hinten getorkelt und hat sich draußen umgeschaut. Er hat dabei den jungen Mann niemals aus den Augen gelassen.
„Mitkommen!" Der Siebenbürger hat einen Moment überlegt und schließlich geantwortet:
„Ich mitkommen. Aber ich hole etwas zum Anziehen!" Um sicher zu sein, dass sein Feind ihn auch verstanden hat, hat er auf sein

Gewand gedeutet und dabei vorsichtig ein paar Schritte Richtung Schlafplatz gemacht. Der Russe hat in seinem Rausch nicht verstanden, was der Siebenbürger meint und hat gezögert. Das hat dem jungen Mann genügt, um aus einem Fenster im Dachgeschoß zu springen und abzuhauen.
Der Russe hat keine Anstalten gemacht, ihm zu folgen. Er hat aber auch nicht gehen wollen! Großmutter und ich sind nervös geworden. Der Russe hat aber nur eins wollen: Mehr Schnaps! Irgendwo hat es im Haus doch noch eine Flasche für ihn geben müssen! Er hat Kleiderkästen, Kommoden, den Dachboden, die Betten und vieles mehr durchwühlt und ist richtig zornig geworden, weil er nichts gefunden hat.
Da er so besessen nach Schnaps gesucht hat, hat er nicht bemerkt, wie wir über eine Bodenstiege aus dem Haus fortgeschlichen und in Richtung Wald gelaufen sind. Von da aus haben wir einen guten Blick auf unser Haus gehabt, andererseits haben wir auch noch Michael am Schulweg abfangen können. Die Jungtannen sind noch nicht ausgewachsen und dicht genug gewesen, deswegen haben wir dahinter eng zusammenrücken und in die Hocke gehen müssen. Ständig haben wir uns gefragt, ob der Russe noch im Haus ist. Eine halbe Stunde später ist Michael aufgetaucht. Großmutter hat ihm die Lage erklärt und gemeint, dass er ins Haus kann, weil der Russe Kindern nichts antun würde. Michael hat sich geweigert, aber Großmutter hat keine Widerrede zugelassen. Er hat also den Wald verlassen, ist den Hang hinuntergelaufen, aber anstelle ins Haus zu gehen, ist er in die Holzhütte hinein, wo er sich am Heuboden darüber versteckt hat.
Großmutter und ich haben Stunden gewartet. Stunden! Ich weiß nicht, ob man sich das vorstellen kann? Man sitzt am Waldrand hinter ein paar Tannen auf seinem Grundstück und kann nicht in sein eigenes Haus zurück! Diese Anspannung, die man dabei hat,

schließlich in Biberbach fündig geworden bin. Wie ich auf den gekommen bin, frage ich mich heute noch! Keine zwei Monate habe ich es dort ausgehalten. Die Arbeit war hart, das Essen dürftig. Die Bäuerin ist sehr neidig gewesen, aber man soll ja nicht schlecht über Tote reden.
Im November 1945 habe ich schließlich Arbeit in der Kumpfmühle in Biberbach, bei der Familie Theuerkauf gefunden. An einem Ort, an dem ich mehr als ein Jahrzehnt bleiben und sich mein Leben noch ganz schön verändern sollte.

16.
Mitzi
–
Der Russe und der Schnaps
(1945-1949)

Aus Angst vor russischen Männern haben sich die Mädchen häufig in die Wälder zurückgezogen. An den Abenden haben sie ihre Häuser verlassen und bei uns im Heustadel geschlafen, besonders jene, die in der Nähe einer Straße gewohnt haben. Die ersten ein, zwei Monate sind da besonders gefährlich gewesen. Einmal ist Großmutter zu Fuß nach St. Peter zum Einkaufen gegangen und hat mich alleine mit Michael zurückgelassen. Zuvor hat sie mir aufgetragen, das Geschirr wegzuräumen und abzuwaschen. Kaum war sie aus dem Haus, habe ich mich zum Tisch gesetzt. Zuerst habe ich noch einen Roman aus dem Kirchenblatt lesen wollen und dann erst die Arbeit machen. Großmutter hat Romane aus dem Kirchenblatt herausgeschnitten und die einzelnen Geschichten mit einer Nadel zu einem Buch zusammengenäht. Es waren oft traurige Geschichten, wie die von Nanni und Nonni auf den Bergen, die samt Ross in einer hohen Schneewechte eingesunken sind und verzweifelt versucht haben, wieder herauszukommen.

Als ich Michael die Geschichte laut vorgelesen habe, habe ich durch das Fenster einen Russen zu uns heraufkommen sehen. Andere Soldaten hat es nicht mehr gegeben, nur Russen haben noch Uniformen getragen.

Ich habe dem Michael gesagt, dass er in der Küche bleiben und

mich nicht verraten soll, falls der Russe nach mir fragen würde. Michael hat aber nicht alleine beim Fremden bleiben wollen. Daher habe ich ihm gedroht, dass Großmutter böse sein würde, würde er mir nicht gehorchen.
„Tu's jetzt!", habe ich ihm von der Bodenstiege aus zugerufen, über die ich durch die Holzhütte hinauf auf den Heuboden geschlichen bin. Dort habe ich mich tief ins Heu eingegraben. Mit meinen dreizehn Jahren und meiner schlacksigen Figur habe ich zwar nicht besonders weiblich ausgesehen. Aber damals hat man nicht gewusst, wie man dran ist. Manche Russen sind freundlich, manche unberechenbar gewesen. Zur Sicherheit habe ich ganz viel Heu über meinen Kopf zusammengeschert und dann abgewartet. Natürlich habe ich so nichts mitgekriegt, aber mein Halbbruder hat mir später erzählt, was sich in der Küche abgespielt hat.
Michael ist beim Tisch sitzen geblieben. Zumindest hat er das im Nachhinein behauptet. Der Russe, ein kleiner, rundlicher Mann mit kräftigen Oberarmen, hat sich in der Küche genau umgesehen. Dabei ist ihm aufgefallen, dass noch warme Palatschinken am Tisch stehen. „Frau ruhig dableiben", hat er gesagt. „Ich nichts machen." Der Russe hat geglaubt, dass sich Michaels Mutter im Haus verstecken würde. Auf mich ist er natürlich nicht gekommen.
„Schnaps? Wo?", hat der Mann gefragt und sein Anliegen mit Glucksgeräuschen verdeutlicht. Keinen Tag sind sie ohne Alkohol ausgekommen, keinen! Michael hat als Antwort mit der Schulter gezuckt.
Rund eine halbe Stunde später ist die Großmutter heimgekommen. Nachdem sie den Eindringling überzeugt hat, dass es im Haus keinen Schnaps zu holen gibt und sie ihm anstelle dessen ein Käsebrot und Palatschinken gegeben hat, hat sich

Obwohl es eine Verhandlung gegeben hat, nachdem Großmutter gestorben ist! Da ist sogar der Leiter vom Jugendamt nach Kürnberg heraufgekommen und hat mit mir geredet. Ich habe gemeint, dass meine leibliche Mutter die Vormundschaft für mich übernehmen soll. Der Mann hat aber gemeint, dass das nicht so einfach geht und er die Vormundschaft übernehmen müsste! Das hat mich zunächst getroffen. Aber dann ist er nie gekommen! Er hat sich nie gekümmert und scheinbar nie etwas weitergeleitet. Ich habe als siebzehnjähriges Mädchen alleine mit meinem zwölfjährigen Halbbruder gelebt. Wir sind auf uns selbst angewiesen gewesen! Dabei habe ich härter denn je gearbeitet und mich nebenbei auch noch um Michael gekümmert. Leider haben wir die Waisenrente für Michael nicht bekommen, die uns nach Großmutters Tod zugestanden wäre. So ist uns das Geld nach wenigen Wochen ausgegangen. Aber wir haben gelebt! Wir haben selbst Milch, Butter, Eier und Obst gehabt. Das Brot haben wir hinzukaufen müssen. Kleidung haben wir uns nicht leisten können.

Spaß haben wir vor allem mit dem Mucki gehabt. Wenn wir im Wald ungestört spielen wollten, hat Michael ihn gerne im Stall eingesperrt. Aber unser Hund hat da nicht mitgetan! Er ist sehr anhänglich gewesen und egal, wie weit wir uns von ihm entfernt haben, jedes Mal hat er mit den Pfoten den Holzriegel zur Seite geschoben, die Fährte aufgenommen und uns an den abgelegensten Stellen gefunden. Damals haben wir nicht verstanden, wie der uns immer wieder so schnell hat finden können!

Vielleicht wären wir niemals aufgeflogen, vielleicht hätten wir ewig so weitermachen können, wenn der Michael nicht diese Gitarre von seinem Onkel besessen hätte...

17.
Sepp
–
In der Kumpfmühle bei den Theuerkaufs
(1945 – 1949)

Maria und Rupert Theuerkauf sind keine normalen Bauern gewesen. Als Betreiber einer Mühle, der Kumpfmühle, sind sie etwas „Besseres" gewesen, wie die Leute früher gesagt haben. Ich habe meine neuen Arbeitgeber mit „Herr" und „Frau" ansprechen müssen, während einfache Bauersleute „nur" mit „Veda"

und „Moam“ angeredet worden sind. Rupert Theuerkauf ist sehr jung Ortsbauernrat und Bürgermeister in Biberbach geworden. Er hat nie einrücken müssen, um sich auch in Kriegszeiten um den Ort kümmern zu können. Die Leute haben ihn gemocht, weil er sehr nett und großzügig gewesen ist. Sie haben ihm hoch angerechnet, dass er ihnen – oft auch kostenlos – mehr Mehl gegeben hat, als ihnen mit Lebensmittelkarten zugestanden wäre. Mit seiner Frau Maria hat er insgesamt vier Kinder gehabt. Die zwei älteren waren gerade neun (Bert) bzw. sieben Jahre (Poldi) alt, als ich Ende 1945 zu ihnen gekommen bin, die jüngeren (Horst und Ingrid) waren noch Kleinkinder.

Ich habe die Kinder gemocht, die Kinder haben mich gemocht. Das hat auch viel mit meiner Arbeit zu tun gehabt, denn in der Kumpfmühle war ich als Rossknecht angestellt worden. Und so habe ich den Kindern etwas bieten können, was sich insgeheim alle gewünscht haben: Sie haben auf der Kutsche mitfahren dürfen. Und bei mir haben sie oft die Gelegenheit dazu bekommen. Als Rossknecht habe ich hauptsächlich das Mehl ausliefern müssen. Die weiteren Strecken bin ich aber dann doch alleine gefahren. Meistens habe ich die vielen Getreidesäcke nach Waidhofen, St. Leonhard und zu Stellen geliefert, wo Frauen mir das Mehl abgekauft haben. Auch Bäckereien habe ich beliefert, wie zum Beispiel den Geiblinger Bäcker.
Genauso habe ich auch das „Droad“, also das Getreide, von den Bauern abgeholt, es in die Kumpfmühle zum Mahlen gebracht und das Mehl wieder an sie ausgeliefert. Viele haben zwar ihre eigene, kleine Mühle gehabt, aber das Korn ist nie so schön fein geworden wie in unserer Kumpfmühle. Sie ist neben einem Bach gestanden, der keinen Namen gehabt hat, weil er einmal von einem anderen Bach abgeleitet worden ist. Das Mühlrad

paar Wochen später hat es in der Kumpfmühle plötzlich wild an der Tür geklopft. Maria, die Hausfrau, eine runde, nicht ganz kleine, fesche Frau, hat die Tür geöffnet. Im gleichen Moment ist ihr bewusst worden, dass sie da ein wenig voreilig gewesen ist. Selbst wenn sie vorher gefragt hätte, wer da so wild an die Tür klopft, hätte es ihr höchstens ein bisschen Zeit verschafft. Denn so wie die Besucher „drauf waren", es waren zwei kräftige, kernige Österreicher, hätten sie sich bestimmt nicht von einer ungeöffneten Tür aufhalten lassen.

Die beiden sind wort- und grußlos an Maria vorbeimarschiert, direkt in den Stall gegangen und für eine Weile dort verschwunden. Frau Theuerkauf ist versteinert dagestanden und hat nach draußen geschaut. Dabei hat sie einen Lastwagen gesehen, der halb im Blumenbeet und halb auf dem Pflaster gestanden ist. Der Motor ist gelaufen, Frau Theuerkauf hat erkannt, dass die zwei Herrschaften es sehr eilig haben! Deswegen hat sie sofort nach mir gesucht, weil der Bauer an diesem Tag außer Haus gewesen ist. In der Zwischenzeit haben die zwei Männer eine trächtige Kalbin[36] aus dem Stall getrieben und sie auf den Lastwagen geladen. Der Motor ist bereits heiß gelaufen und hat geraucht. Die beiden Diebe haben die Vorrichtung der Ladefläche geschlossen, sind in die Fahrerkabine gestiegen und haben das Fahrzeug aus den Tulpen hinausgeschoben. Bei der Kehrtwende hat noch der Schnittlauch dran glauben müssen. In diesem Moment bin ich herbeigelaufen und unbemerkt auf die Ladefläche gesprungen. Mit einer Hand habe ich mich am Rand festgehalten, mit der anderen habe ich die Kalbin gestreichelt, die ängstlich in der Ecke gestanden ist.

[36] Kalb = Junges der Kuh. Kalbin = junge Kuh, die jederzeit trächtig werden kann. Hat die Kalbin Junge zur Welt gebracht hat, wird sie zur Kuh.

Den Feldweg hinter uns, ist der Wagen in Richtung Amstetten gerast. Ich habe an der Kette gerüttelt, die aus Eisen und mit einem Vorhangschloss gesichert war. Die Kalbin war nicht zu befreien. Nach einer Weile haben mich die Männer im Seitenspiegel entdeckt und ihre Fenster hinuntergekurbelt.
„Schleich dich, sonst wird's dir wie dem Kalb ergehen...", hat der Fahrer zu mir nach hinten geschrien. Der andere hat mit Gebärden gedroht.
„Das ist unser Kalb!", habe ich gegen den Fahrtwind gerufen und dabei wieder an der Kette gerüttelt.
„Schau, dass d' runterspringst, sonst kommst hinter Gitter!"
Ich habe mich nicht vor ihnen gefürchtet. Aber womöglich sind sie wirklich von der Behörde gekommen. Ein Stück bin ich noch mitgefahren. Aber bei der nächsten, langsamen Stelle, einer starken Linkskurve, bin ich runtergesprungen und schließlich zwei Stunden zurückmarschiert. Von den „Herren" und von unserer Kalbin haben wir nie wieder etwas gehört.

18.

Mitzi

–

Auszug aus dem Oo-Häuserl

(1949/50)

So eine harmlose Gitarre hat mein Leben ganz schön durcheinandergebracht. Denn wegen dieser Gitarre ist Michael auf eine folgenschwere Idee gekommen.
In der Schule hat er gerne viel Zeit mit einem Freund verbracht. Wenn Michael heimgekommen ist, hat er oft davon erzählt, was er mit ihm alles erlebt hat. Ich habe gewusst, dass sie heimlich Pläne schmieden, weil er mir manchmal ausgewichen ist. Den Schulfreund habe ich nur ein einziges Mal zu Gesicht bekommen, als er uns in Kürnberg besucht hat. Da erst ist mir aufgefallen, dass sich Michael in seiner Gegenwart anders als bei mir benommen hat. Sie haben sich Abenteuer ausgemalt, wie es wäre, einfach mal abzuhauen und in ein fernes Land zu reisen.
Ein klein wenig besorgt war ich schon, aber ich habe mir gedacht, jugendliche Spinnereien eben! Außerdem haben sie ja kein Geld gehabt. Aber Michael hat eben die Gitarre besessen. Eines Tages ist er auf die Idee gekommen, sie zu verkaufen. Noch dazu hat er ein Kuhgeschirr an einen leichtgläubigen Nachbarn verscherbelt. Und mit dem Geld haben sie plötzlich die Spinnereien umsetzen können! An einem Montag im Jänner haben sie sich eingebildet, nicht in die Schule zu gehen, haben die Schultaschen weggeschmissen, sind mit dem Bus nach Steyr gefahren und dort in den Zug Richtung Passau eingestiegen.

Ihr Verschwinden ist schnell aufgefallen und der Gendarmerie gemeldet worden. Nur ein paar Stunden später sind die beiden Ausreißer an der Grenze zu Deutschland abgefangen worden. Dieser Ausflug war echt dumm von ihnen! Dass ihnen nur so ein Blödsinn einfallen hat können! Der Nachbar hat zähneknirschend das Kuhgeschirr wieder rausrücken müssen, auch die Gitarre hat Michael zurückbekommen. Aber das Schlimmste an der Sache ist gewesen, dass man mir Michael weggenommen hat. Auf der Stelle! Für immer! Die Fürsorge hat ihn mitgenommen und ihn woanders untergebracht. Auf einen Schlag habe ich nicht mehr gewusst, wo er ist und keinen Kontakt mehr zu ihm aufnehmen können. Ganze fünf Jahre lang habe ich ihn nicht zu Gesicht bekommen, ehe ich ihn zufällig am Sonntagberg getroffen habe, als wir beide mit dem Fahrrad unterwegs gewesen sind.

Michael ist mir weggenommen worden, aber um mich hat sich keiner gekümmert. Obwohl ich noch nicht volljährig gewesen bin, haben sie mich alleine in Kürnberg zurückgelassen. Von Jänner 1949 an war ich also alleine am Hof. Vielleicht war es ja auch Bestimmung, dass der Michael weg war. Auf Dauer hätte ich uns beide ohnehin nicht durchgebracht! Ich habe mich schon schwergetan, alleine über die Runden zu kommen.
Weil ich kein Geld mehr gehabt habe, habe ich wochentags das Gewand meiner Großmutter getragen, auch wenn es mir viel zu groß gewesen ist, aber es hat mich ja eh keiner darin gesehen. Bei meinen eigenen Sachen war es umgekehrt – alles ist mir zu klein geworden! Deswegen bin ich nach Steyr gefahren und habe in einem Tauschgeschäft Mantel und Schuhe abgegeben und dafür alles eine Nummer größer gekriegt. Wenn die eigenen Kleidungsstücke schön genug waren (und meine waren es), hat man sie dort kostenlos umtauschen können.

Als Großmutter noch gelebt hat, hat sie Witwenrente bezogen, weil ihr Mann ja im Ersten Weltkrieg gestorben ist. Aber ich habe dieses Geld nicht gehabt. Ein paar Mal bin ich deswegen zu meiner leiblichen Mutter gegangen, die hat mir fünfzig Schilling gegeben. Aber auch das hat nicht lange gereicht.

Das Problem war nicht, dass ich Angst gehabt hätte, ich habe mich nicht schnell gefürchtet. Früher bin ich selbst noch mitten in der Nacht zum Holzhacken in den mondhellen Wald gegangen. Mir ist einfach das Geld ausgegangen.
Aber noch schlimmer war es für mich, dass ich alleine gewesen bin. Ich war siebzehn Jahre alt, und ich hätte ein langweiliges Leben vor mir gehabt, wenn ich im Oo-Häuserl geblieben wäre. Im April 1949 bin ich daher zu dem Schluss gekommen, dass ich dort keine Zukunft mehr habe. Ich habe mein Oo-Häuserl aufgeben müssen!
Ein Nachbar hat das mitbekommen, weil ich ihm gesagt habe, dass ich nicht weiß, was ich tun soll. Er hat gemeint, er wüsste Arbeit für mich.
„Die beim Magerer (Dorfer) bräuchten Unterstützung. Die suchen schon lange!" Der Nachbar war mit den Dorfers weitschichtig verwandt. Ich bin deshalb vorsichtig gewesen. Es hätte ja sein können, dass die Arbeitsbedingungen nicht so sind, wie er sie mir beschrieben hat. Bevor ich ihm eine Antwort gegeben habe, habe ich lange überlegt.
Ich habe mir gedacht: Ich habe eine Kuh, eine trächtige Kalbin, ein Schwein, fünf Hühner, einen Hund und eine Katze. Wenn ich die alle mitnehmen und weiterhin meinen Grund bearbeiten dürfte – dann würde ich die Arbeit annehmen! So habe ich es auch dem Nachbarn gesagt, der meine Forderung an den Magerer weitergeleitet hat.

Der hat mir, wieder über den Nachbarn, ausrichten lassen, dass er mit meinen Bedingungen einverstanden ist. Nie habe ich direkt mit dem Herrn Dorfer gesprochen, alles ist über den Nachbarn abgewickelt worden. Ich habe darauf gehofft, dass die Vereinbarungen auch eingehalten werden. Über die neue Chance habe ich mich gefreut, auch wenn ich gleichzeitig Angst vor der Veränderung gehabt habe.
Eine Woche später ist dann der Josef Dorfer zu mir hinaufgekommen, und wir haben uns ausgemacht, wann und wie die Tiere abgeholt werden und ich mit der Arbeit beginnen soll. Zuerst bin ich erleichtert gewesen, weil er Wort gehalten hat! Bis er meinen Hund entdeckt hat. Mucki! So selbstverständlich er bereit war, die Hoftiere abzuholen, so hartnäckig hat er sich geweigert, meinen Hund aufzunehmen.
„Wir haben selber einen! Da ist kein Platz für einen weiteren!"
Ich war kurz davor, die ganze Sache abzublasen. Dann aber habe ich mich doch durchgerungen, es nochmals zu überdenken. Es hat einen Nachbarn gegeben, bei dem ich meinen Hund unterbringen habe können. Ihr könnt nicht glauben, wie schwer mir dieser Schritt gefallen ist! Auch wenn ich gewusst habe, dass er es dort gut haben wird. Auch wenn ich gewusst habe, dass die Nachbarn nach einem neuen Hund gesucht haben, weil sie den alten mit einem Gnadenschuss von seinem Leiden (Altersschwäche) erlösen wollten. Es hat wohl so sein müssen. Schweren Herzens habe ich Mucki zurückgelassen.
Dann ist der Tag gekommen, an dem der Magerer und ich mein Vieh zu seinem Hof getrieben haben. Natürlich sind wieder Tränen geflossen. Es hat mich Überwindung gekostet, das Oo-Häuserl zurückzulassen, es hat mir Kraft gekostet, meinen Hund im Stich lassen zu müssen. Nach einer halben Stunde Fußmarsch sind wir endlich angekommen.

Und schon ist das nächste Problem aufgetaucht:
Die Bäuerin, Stefanie Dorfer, hat mir gesagt, dass sie schon so viele Katzen haben und für meine kein Platz mehr wäre. Keine Chance – auch dieses Tier habe ich abgeben müssen. Frau Dorfer hat mir vorgeschlagen, die Katze durch eine Luke bei einem Nachbarbauern hineinzulassen. Die würden sich gut um Katzen kümmern, die haben viele, eine mehr würde da nicht auffallen. Weil mir nichts anderes eingefallen ist, habe ich sie eben durch die Luke hineingelassen. Es hat keine zwei Sekunden gedauert, ist meine Katze wieder rausgestürmt, durch die Beine der Frau Dorfer hindurch und im hohen Gras verschwunden. Meine Katze habe ich danach nie wieder gesehen, ich habe eine ganze Weile gebraucht, bis ich der Frau Dorfer das verzeihen habe können!

Bei den Magerers ist es mir gut gegangen. Zwar habe ich hart arbeiten müssen, weil außer mir keine Magd und kein Knecht angestellt und die beiden Kinder noch zu jung waren. Dafür war das Essen gut, und mir hat gefallen, dass sie viele Tiere haben. Aber meine Tiere waren meine Tiere, die habe ich dann doch noch ein bisschen besser behandelt.

Nach zwei Monaten sind der Herr Dorfer, ich und ein paar Helfer zu meinem Grund beim Oo-Häuserl gegangen. Die Wiesen haben gemäht, die Bäume geschnitten und das Haus hat geputzt werden müssen.
Natürlich habe ich dauernd zum Nachbarn hinuntergeschaut, bei dem ich meinen Hund, den Mucki untergebracht habe. Er wird uns wohl gerochen haben, denn es hat nicht lange gedauert, da habe ich es abwechselnd bellen und jaulen gehört. Bis zum Abend ist das so weitergegangen! Mir sind die Tränen nur so runtergeronnen, ich habe nicht mehr zu weinen aufgehört!

Ich habe mein Gesicht vor den anderen versteckt, so sehr habe ich mich geschämt. Wie froh bin ich gewesen, als es endlich Abend geworden ist und wir wieder zu den Magerers zurückkehren haben können. Das Jaulen von Mucki habe ich lange nicht aus dem Kopf gekriegt, auch Wochen und Monate später habe ich es noch gehört.

Ich bin bereits ein Jahr bei den Magerers gewesen, als mich ein Gedanke nicht mehr losgelassen hat: Zurück zum Oo-Häuserl zu wollen! Ich habe mir eingebildet, es nun doch alleine schaffen zu können! Dann könnte ich selber über meine Arbeit entscheiden, und niemand anderes würde darüber bestimmen. Ich hätte es auch getan, wenn sich nicht eine Sache in mir verändert hätte: Ich bin plötzlich ängstlich gewesen! Früher, im Oo-Häuserl, habe ich ohne Furcht gelebt, aber nach einem Jahr unter Menschen habe ich Angst gehabt, Angst vor den Menschen! Plötzlich habe ich mich gefürchtet, nachts draußen zu sein. Und so ist es immer nur beim Gedanken geblieben, die Magerers zu verlassen und immer nur bei der Sehnsucht, wieder ins Oo-Häuserl zu ziehen.

19.

Sepp

–

Meine wildeste Rauferei

(1949)

Ich bin bestimmt in Dutzende Raufereien verwickelt gewesen. Aber so richtig erinnern kann ich mich an eine, die während einer Veranstaltung im Gasthaus Kappl (Biberbach) stattgefunden hat. Da war ich neunzehn oder vielleicht auch schon zwanzig Jahre alt.

Man muss wissen, dass ich damals immer um vier Uhr aufgestanden bin, am Sonntag spätestens um fünf. Wenn man dann bis zwanzig Uhr arbeiten muss, bleibt einem nicht mehr viel Zeit, am Abend irgendetwas zu unternehmen. Bälle hat es nur im Winter gegeben (und da oft auch nur zwei: Feuerwehr- und Musikball), und geheiratet worden ist irgendwie auch so selten.

Als Bursche hat man achtzehn Jahre alt werden müssen, um einmal zu einer Veranstaltung gehen zu dürfen. Die Mädchen sind auch erst mit siebzehn fortgegangen und haben sich nur für Ältere interessiert. Daher hätte als junger Bursch' das Fortgehen ohnehin nichts gebracht!

Aber auch danach ist man nur selten fortgekommen. Und wenn, dann hätte man am liebsten alles zerreißen wollen. Vor allem Burschen, die gerne Streit gesucht haben, sind voll auf ihre Kosten gekommen. Um eine Schlägerei anzuzetteln, hat man nicht viel tun müssen:
Entweder hat man einfach herumgestänkert, beim Tanzen plötzlich einem anderen Jungen das Mädchen vor der Nase weggeschnappt oder andere auf der Tanzfläche angerempelt. Jedem ist da etwas anderes eingefallen, jeder hat auf seine Art und Weise Streit gefunden.

In Biberbach hat das Ganze in der Schnapsbude begonnen. Da hat mich plötzlich ein anderer angerempelt und ist direkt zur Sache gekommen. Nach dem Motto: Willst oder willst nicht?
Ich habe mich umgedreht und einen Zweimeterriesen gesehen, der genauso kräftig wie ich ausgeschaut hat. Ein kantiges Gesicht hat er gehabt, ein Gesicht, das ich von irgendwoher gekannt habe. Seine Hände sind rau und spröde gewesen.

Der Hosenträger war voll gespannt und hat sich anstrengen müssen, die Hose herzuhalten.

Ich habe überlegt. Will ich oder will ich nicht?
Zur Veranstaltung in Biberbach habe ich ein nettes Mädchen begleitet. Irmi hat sie geheißen, meine gleichaltrige Nachbarin. Eigentlich bin ich nur ihr Begleitschutz gewesen, den die Eltern verlangt haben, wenn Mädchen alleine ausgehen haben wollen. Doch im Laufe des Abends hat mir die Irmi immer besser gefallen. Sie hat mir allerdings schnell klargemacht, dass sie sich nur für ältere Burschen interessiert. Aber sie war so nett und hat mir ihre kleine Cousine aus Seitenstetten vorgestellt: Heidi. Ganz ehrlich: Die Heidi hat mir etwas weniger als die Irmi gefallen. Aber ich war ja ein höflicher Kerl, außerdem habe ich ja auch noch bei der Irmi dranbleiben wollen. Daher habe ich ihren Wunsch erfüllt und bin mit der Heidi tanzen gegangen. Na, so schlecht hat sie ja doch nicht ausgesehen. Nach einer Klopause haben wir uns jedoch aus den Augen verloren. So bin ich in die Schnapsbude gekommen.
Will ich oder will ich nicht? Ich habe weiter überlegt.
Selbst wenn es mir gelingen würde, die Heidi zu erobern, wäre ich nicht mit ihr nachhause gegangen. Bis Seitenstetten wär's viel zu weit gewesen. Das war ja damals das Blöde! Mit einem Mädchen hat man einfach nicht nachhause gehen können! Nicht, dass man nicht bereit gewesen wäre, ein paar Kilometer mehr für ein paar Freuden mehr zu machen. Es ist sich einfach nicht ausgegangen! Um halb drei mit dem Mädchen heimgehen, ein bisschen den Erfolg auskosten, eine Stunde zurück und am Sonntag um fünf Uhr früh für die Arbeit bereitstehen. Das ist nicht zu schaffen gewesen! Zur Heidi ist sich also kein Umweg ausgegangen. (Zu meiner Nachbarin Irmi schon, aber die hat ja nicht wollen!!!).

Und nachdem ich sowieso einer gewesen bin, der sich nichts gefallen lassen hat (darum bin ich ja auch zu vielen Raufereien gekommen), und ich die Heidi für diese Nacht abgeschrieben habe, habe ich meinem Herausforderer ein Zeichen gegeben, das Gasthaus mit mir zu verlassen.
Als Gentleman bin ich immer hinausgegangen. Einerseits habe ich die anderen nicht stören wollen, andererseits haben die Mädchen Raufereien gehasst, und die habe ich auf keinen Fall verschrecken wollen.

Während ich über die Heidi nachgedacht habe, ist mir auch eingefallen, von woher ich meinen Herausforderer kenne. Grundsätzlich haben mich damals alle gefürchtet, weil ich ein „Riegl" war, aber mein Gegenüber ist eben auch einer gewesen, der es einmal hat wissen wollen. Er war nämlich Fleischknecht[37)] in Biberbach. Deswegen seine rauen Hände, deswegen sein kräftiger Körper. Und weil er früher einmal was mit der Heidi gehabt hat, deswegen seine Wut!
Er hat mich finster angeschaut, seine Fahne hat mir beinahe die „Fiaß auszogn". Ich habe nicht erraten, ob die vom Rotwein oder vom Kirschenschnaps gekommen ist (eher vom Schnaps). Auch nicht, ob ihn der Rausch gefährlicher oder langsamer machen würde.

Draußen ist es bitterkalt[38)] gewesen, und auf der vorher nassen Straße hat sich über Nacht heimtückisches Glatteis gebildet. Wir haben ordentlich aufpassen müssen, dass wir nicht auf die

37) Ein Fleischknecht hat für einen Fleischhauer gearbeitet, für ihn Rinder, Kälber und Schweine abgestochen.

38) Scheinbar „spielen" viele meiner Geschichten im Winter.

Nase fallen. Schließlich sind wir einander gegenübergestanden. Wir haben uns gegenseitig angehaucht, und ich habe etwas vom Schnapsgeruch abbekommen. Eigentlich habe ich den Kampf noch nicht beginnen wollen, aber schon bin ich in den Fleischknecht hineingerutscht, woraufhin er mir einen linken Haken verpasst hat. Wir haben gerauft, uns in die Magengrube geschlagen und in den Schwitzkasten genommen, bis wir beide keuchend am Boden gelegen sind. Der Fleischknecht hat sich leider um eine Spur schneller erholt, hat einen meiner Schuhe ausgezogen und ist schließlich mit seiner „Trophäe“ davongerannt. Ich habe mich aufgerichtet und nach dem Schuh gesucht, doch der Fleischknecht hat ihn irgendwo in der Wiese entsorgt. Ich habe noch mitgekriegt, wie er humpelnd auf sein Moped gestiegen und in seinem Rausch davongefahren ist. (Er war auf der Veranstaltung der Einzige, der ein Moped gehabt hat – wenn er sich nicht so dumm angestellt hätte, hätte er damit die Heidi leicht wieder ’rumkriegen können!) Ich aber hab’ mit einem Schuh nachhause gehen müssen![39)]

Ein paar Wochen später habe ich zur Gerichtsverhandlung nach St. Pölten müssen. Der Fleischknecht ist verurteilt, ich hingegen freigesprochen worden. Warum ich davongekommen bin und er nicht, ist mir bis heute ein Rätsel. Leider erinnere ich mich nicht mehr an die Verhandlung. Vielleicht ist er ja für seine Trunkenheit am Steuer bestraft worden.
Eigentlich waren Raufereien für mich nichts Besonderes, aber diese ist mir halt am besten in Erinnerung geblieben. Vielleicht auch deswegen, weil nicht nur die Heidi nachher nichts mehr von mir wissen hat wollen, sondern auch die Irmi.

[39)] Auf gefrorenem Boden!

Stunde in einem dünnen Liebesroman gelesen, ehe ich müde ins Bett gefallen bin.

Durch die viele Arbeit ist es nicht einfach gewesen, einen Mann kennenzulernen. Aber weil ich eben nicht nur Essen und Unterkunft bekommen habe, sondern auch entlohnt worden bin[40), habe ich genügend Geld gehabt, um ausgehen zu können. Vielleicht würde ich ja beim Tanzengehen jemanden kennenlernen! Veranstaltungen hat es ja in unserer Nähe genug gegeben. Meist bin ich mit Söhnen und Töchtern der Nachbarn nach Ertl, St. Michael oder St. Peter gegangen oder mit dem Rad hingefahren. Die anderen Häuser haben keine Dienstboten gehabt, ich war die einzige Dirne (=Magd, Landarbeiterin) in unserem Freundeskreis. Trotzdem haben sie mich als eine der Ihren akzeptiert.

Überall ist Eintritt verlangt worden. Dafür hat man auch zu fremden Hochzeiten gehen dürfen. Da es nicht viele Bälle gegeben hat, sind Hochzeiten die lustigsten Veranstaltungen gewesen. Man hat bloß einen kleinen Strauß an der Bluse anstecken müssen, und schon hat man mit einem unbekannten Brautpaar mitfeiern dürfen. Also habe ich Sträuße für Veranstaltungen gebastelt. Aus Papierblumen und einem Blatt, umwickelt mit Krepppapier, habe ich sie selbst gestaltet und beim Eingang an Leute verkauft, die keine gehabt haben. So habe ich mir also meinen Eintritt eigentlich immer erarbeitet.
Bei allen Veranstaltungen ist geschlossen getanzt worden. Walzer, Marsch, Tango – oft von acht Uhr abends bis zwei Uhr früh. An Samstagen wäre das Aufbleiben kein Problem gewesen.

[40)] 1949: 90 Schilling Monatslohn, 1954: 300 Schilling Monatslohn

Nur haben Bälle an Sonntagen und Hochzeiten an einem Montag oder Dienstag stattgefunden! Und da der Heimmarsch oft eineinhalb Stunden gedauert hat, habe ich mich vor der Arbeit oft nicht mehr hinlegen können. Einmal ist das schiefgegangen, ich bin nach dem Mittagessen eingeschlafen. Aber die Magerers haben's mir verziehen.

Fortgegangen bin ich ja eigentlich, um Männer kennen zu lernen, aber irgendwie hat das nicht so recht geklappt, wie ich mir das erhofft habe. Entweder sind sie nur bei der Schnapsbar herumgelungert, sind einem beim Tanzen dauernd auf die Zehen gestiegen oder nur durch Langeweile aufgefallen. Es hat einfach nicht gefunkt!

Ich habe also lange warten müssen, bis im Sommer 1950 Zimmererleute aus Steyr auf unserem Hof gearbeitet haben. Die Hütte, der Stall und das Hausdach haben erneuert werden müssen. Die Renovierung hat den ganzen Sommer über gedauert, bis in den Herbst hinein.
Und unter den Zimmererleuten war ein ganz besonderer Mann. Jakob! Natürlich war er älter als ich, jüngere Männer sind für mich sowieso nie in Frage gekommen. Er war so ein fescher Kerl! Blaue Augen, blonde Haare, schlanke Figur und etwas größer als ich. Außerdem war er recht lustig, ständig hat er mich zum Lachen gebracht. Er ist aus Kleinraming gekommen und hat während der Woche bei einem Nachbarn übernachtet. An den Wochenenden ist er mit dem Fahrrad zu seiner Mutter heimgefahren.
Schließlich habe ich ihn dazu gebracht, mich auf eine Tanzveranstaltung zu begleiten. Und dann ist alles sehr schnell gegangen. Plötzlich haben wir uns geküsst, plötzlich ist ein Kribbeln da

aufgefordert, mit ihm hinter den Schuppen zu gehen. Ich habe bemerkt, wie Jakob hin und her gerissen war. Einerseits hat er nicht genau gewusst, ob er für mich den Starken spielen soll. Andererseits war er unsicher, ob ihm nicht der Franz überlegen ist, weil der ja viel stärker als er ausgeschaut hat.
Der Abend hat so schön begonnen, ich war zornig, dass nun alles zerstört werden könnte. Dauernd habe ich zur Treppe geschaut und gehofft, dass jemand zu uns heraufkommt. Viel mehr Glück hätte ich in diesem Moment nicht haben können, denn der Erste, der den Heuboden betreten hat, war der Herr Dorfer. Er hat blitzschnell begriffen und dem Franz einen mahnenden Blick zugeworfen. Da hat er endlich Ruhe gegeben! (Der Magerer hat wohl wirklich Angst gehabt, mich zu verlieren). Die Sache war somit aus der Welt geschafft!
Jakob und ich sind doch noch zu unserem schönen gemeinsamen Abend gekommen, viele weitere sollten im Sommer und im Herbst folgen. Doch als der Winter angebrochen und Jakob einer anderen Arbeit in Steyr zugeteilt worden ist, haben wir eine Entscheidung treffen müssen...

21.
Sepp
–
Über Liebschaften und neue Arbeiten
(1951-1953)

Ich sage es, wie es ist: Ich wäre gerne Bauer geworden! Nur als Rossknecht habe ich es da ziemlich schwer gehabt. Daher habe ich immer wieder einmal eine Bauerntochter angelächelt, die schon einen Hof gehabt hat oder bald einen erben sollte. Ich habe ja mit dem anderen Geschlecht recht gut können. Aber so leicht, wie ich mir das vorgestellt habe, ist es dann doch nicht geworden.

Da hat es einmal ein Mädchen bei Gaflenz gegeben, die mir mein Bruder Engel empfohlen hat. Aber die Altbauern haben den Hof noch nicht übergeben wollen, so habe ich bald mal von ihr abgelassen. (Ehrlich gesagt, hat mir das zu lange gedauert.)
Dann habe ich ebenfalls durch meinen Bruder ein Mädchen in Waidhofen kennengelernt. „So eine Chance kriegst nie wieder!", hat er mir gesagt. „Zwei Häuser hast in Aussicht, zwei!! Eins hat sie schon, und das Elternhaus soll sie auch bald erben!"
Sie war fünf Jahre älter als ich (was mich nicht gestört hätte), hat ein Kind aus einer Ehe gehabt (was mich ein bisschen gestört hat) und war leider nicht außergewöhnlich schön (was mich schon ...). Da hätte ich eher die Häuser als das Mädchen geheiratet.
Aber Engel hat nicht lockergelassen. Ich weiß nicht, warum. Womöglich hat er gewollt, dass ich in seine Nähe ziehe, denn er hat ja mit seiner Frau und den Kindern nahe Waidhofen gewohnt. Vielleicht hat er auch bei der Wirtschaft mithelfen wollen. Meinem Traum und meinem Bruder zuliebe habe ich es mit ihr versucht und bin einmal die Woche mit dem Fahrrad von Biberbach nach Waidhofen gefahren. Da ich aber gemerkt habe, dass es mit dem Erben noch ein bisschen dauern würde und ich ohnehin einer war, der schnell und gerne die Mädchen gewechselt hat, bin ich schon bald nicht mehr nach Waidhofen geradelt. (Es hat ja doch immer eine dreiviertel Stunde gedauert – Schade um die Zeit!)

Auch bei uns in Biberbach sind keine interessanten Mädchen mehr auf dem Markt gewesen. Die Ansässigen hat man nicht gekriegt, die haben einen Bauern und keinen Knecht haben wollen, so wie ich einer gewesen bin. So habe ich von 1951 bis 1953 Beziehungen gehabt, die alle nicht lange gedauert haben.

Den Traum Bauer zu werden habe ich allmählich aufgegeben. Dafür habe ich umso gewissenhafter gearbeitet, der Herr Theuerkauf hat das bemerkt und mir zwei Lohnerhöhungen gegeben. 1953 habe ich bereits 350 Schilling verdient.

Wie ich die Zeit in der Kumpfmühle genossen habe! Dort habe ich auch das Kartenspielen kennen gelernt. Am liebsten habe ich „preferanzt". Das habe ich sogar noch ein bisschen mehr gemocht als die Mädchen. Nach der langen, anstrengenden Arbeit haben wir mit Freunden und Nachbarn oft bis lange in die Nacht hinein gespielt. Am nächsten Tag ist uns das Aufstehen richtig schwergefallen. Einer von diesen Spielpartnern ist ein guter Freund gewesen: Der Haslinger Bert. Der herzlose Haslinger. Warum wir ihn so genannt haben, habe ich vergessen. Wie eben so Spitznamen aus heiterem Himmel entstehen!

Mit dem herzlosen Haslinger habe ich mich gut verstanden. Er war ein kleines Männchen und hat ständig gegrinst. Beim Preferanzen hat er konzentriert seine Partien gespielt, so wie ich das auch gerne getan habe. Dazwischen hat er seine lustigen Sprüche von sich gegeben, was ihn irgendwie jünger gemacht hat.[41)] Gestritten haben wir nie, obwohl wir um Geld gespielt haben und hin und wieder ein kleines Sümmchen zusammengekommen ist. Er ist es auch gewesen, der mich schließlich auf die NEWAG (die heutige EVN) aufmerksam gemacht hat. Ständig hat er mir von seiner Arbeit erzählt, dass man dort gutes Geld verdienen kann und dabei viel herumkommt. Er hat so lange auf mich eingeredet, dass ich Ende 1953 tatsächlich in der Kumpfmühle „aufgesagt" (= gekündigt) habe.

[41)] Tatsächlich ist er um zehn Jahre älter gewesen als die meisten in der Kartenrunde.

Die Theuerkaufs waren anfangs natürlich betroffen, aber ich habe mir schon länger vorgenommen gehabt, mir etwas Neues zu suchen. Dafür hat es mehrere Gründe gegeben. Zum einen war der Zeitpunkt günstig. Die Hauskinder Bert und Poldi waren alt genug, meine Arbeiten zu übernehmen, die Theuerkaufs haben nach mir keinen Knecht mehr anstellen müssen. Zum anderen bin ich durch den Haslinger draufgekommen, dass es Berufe gibt, wo man mehr verdienen kann als als Rossknecht. Und irgendwann muss man ja auch in die Welt hinausgehen, kann nicht immer am selben Ort bleiben. Da ich aber mit der Kumpfmühle verbunden bleiben wollte, habe ich mit dem Herrn Theuerkauf vereinbart, an den Wochenenden regelmäßig auszuhelfen. Mit dieser Regelung hat auch der Herr Theuerkauf gut leben können.

Die NEWAG hat Leitungen an Orten verlegt, wo neue Leute und damit auch neue Bauerntöchter auf mich warten würden. Leider hat die NEWAG nur selten Leute eingestellt! Und so habe ich eine Weile warten müssen, bis überhaupt eine Stelle ausgeschrieben worden ist. In der Zwischenzeit habe ich Arbeit als Holzknecht in Oberland gefunden.
Dort habe ich Bäume gefällt, riesige, alte Bäume. Gemeinsam mit einem Kollegen habe ich jeden Tag mit einer Handsäge ein paar abgeholzt. Leider ist das Arbeitsklima nicht so gewesen, wie ich es mir gewünscht hätte. Eigentlich habe ich ja nur diesen einen Kollegen gehabt. Aber es genügt eben schon einer, um Probleme zu machen. Ständig hat er gegen mich gearbeitet. Doch den „Vogel abgeschossen“ hat er nur zwei Wochen nach meiner Anstellung, als wir wieder einmal Bäume gefällt und die „Bloch“ (= Stämme) auf einer „Rieß“ (= Holzbahn) hinuntergelassen haben. Mein „Kollege“ ist auf die Schnapsidee gekommen, einen Baumstamm nicht auf der „Rieß“, sondern direkt über

die Böschung auf mich zurollen zu lassen. Noch dazu hat er mir kein Kommando gegeben, was normalerweise üblich gewesen wäre. Und als wäre das alles nicht genug, hat er auch noch darauf gewartet, bis ich mich endlich umdrehe. Mit einem Sprung hinter einen starken Baum habe ich gerade noch dem Stamm ausweichen können. Siebzehn Sekunden später habe ich gekündigt.

Bin ich froh gewesen, dass mein Freund, der Haslinger Bert, dafür gesorgt hat, dass ich endlich zu einem Vorstellungsgespräch bei der NEWAG eingeladen worden bin! Es hat ja nicht viele freie Stellen gegeben. Trotzdem bin ich ziemlich selbstsicher - bin mit breiter Brust - ins Büro des Chefs marschiert. Ich habe nicht viel tun müssen, schon habe ich ihn überzeugt gehabt!
Ich bin eben ein „Riegl" gewesen, eine große, gute Arbeitskraft. Außerdem hat der Chef gewusst, dass ich schon als Ross- und Holzknecht tätig gewesen bin, die haben sie gern genommen, weil sie starke Arbeit gewohnt waren.
Aber im Spätherbst bin ich gekündigt worden. Schuld bin nicht ich gewesen, sondern die schlechte Auftragslage über den Winter. Der zuständige Leiter hat mir mitgeteilt, dass ich es im Frühjahr wieder versuchen soll. Natürlich hätte ich erneut zur Kumpfmühle zurückkehren können. Das wäre der einfachste Weg gewesen. Aber ich habe nicht mehr zurückwollen! Ich habe die Flucht nach vorne gesucht!
In der Zwischenzeit habe ich wieder Arbeit in Oberland gefunden, dieses Mal im Steinbruch. Mir hat es dort drinnen im Bergwerk gefallen, weil man nicht so schwitzen hat müssen. Steinbruch klingt nach Schwerstarbeit, tatsächlich war es Schwarzarbeit. Die Einstellung habe ich nur mit der Zusage gekriegt, nicht angemeldet und versichert werden zu wollen. Zwei Männer haben geschlagen, einer hat mit dem Bohrer

gearbeitet, das alles ist ohne Sprengung gegangen. Die haben dort hohe Spalten gehabt, die wir abarbeiten haben müssen.
An den Wochenenden bin ich zur Kumpfmühle zurückgekehrt, so wie es mit dem Herrn Theuerkauf vereinbart gewesen ist.
Am Samstag habe ich die schwere Arbeit übernommen, die die Kinder noch nicht verrichten haben können. Nicht jeder Sechzehnjährige kann fünfundachtzig Kilo schwere Säcke schleppen!
Für meine Mühen habe ich kostenlos nächtigen und essen dürfen. Daran hat sich auch in den nächsten vier Jahren nichts geändert, ich bin regelmäßig jedes Wochenende nach Biberbach gekommen.
Während der Woche habe ich den ganzen Winter über im Steinbruch gearbeitet. Doch die Arbeit dort ist im Frühling ausgelaufen. So war's an der Zeit, es wieder bei der NEWAG zu versuchen...

22.
Mitzi
–
Es ändert sich einiges
(1951-1954)

Der Winter hat unsere Liebe auf eine harte Probe gestellt. Unser Dachstuhl war fertiggeworden und die Zimmererleute sind samt Jakob nach Steyr gezogen. Daher habe ich Jakob nicht mehr treffen können. Wir haben zehn Kilometer auseinander gewohnt. Zehn Kilometer sind heute gar nichts mehr. Damals waren sie eine Welt! Denn von Kleinraming nach Kürnberg ist es sehr steil hinaufgegangen. Zug hat es keinen gegeben, und mit den Pferden hätte es einen halben Tag lang gedauert. Ist nur noch das Fahrrad übrig geblieben! Im Steilen! Im Winter! Im Schnee! Auch die Idee war schnell gestorben! Welches Mädchen schiebt gerne zwei Stunden lang ein Fahrrad bei minus zehn Grad bergauf?

Ich rechne es dem Jakob hoch an, dass er das einmal versucht hat, obwohl es auch für ihn als Mann sicher kein Honiglecken gewesen ist. Seine Finger waren durchgefroren, seine Kleidung vom Schnee durchnässt, und ich glaube, dass er selbst bergab das Fahrrad mehr geschoben hat als er gefahren ist. Wir haben beide gewusst, dass er das kein zweites Mal mehr macht, dadurch ist das Treffen gar nicht so schön geworden, wie erhofft.

Diesen Winter hat es nur einen Lichtblick gegeben, die Phase, als

Jakob in der Nähe eine Kirche restauriert und mich daher öfters besucht hat. Diese zwei Wochen haben uns noch einmal hoffen lassen, hoffen, dass das Ganze zwischen uns beiden doch funktionieren könnte.
Ein bisschen haben auch die Liebesbriefe geholfen, die wir einander geschrieben haben. Der Schwiegersohn vom Herrn Dorfer war Zimmermann und hat wochentags mit Jakob in Steyr gearbeitet. Der hat unsere Briefe ausgetauscht und mir an den Samstagen die heißersehnte Post gebracht.
Wir haben uns nicht mehr getroffen, die Briefe sind seltener und unsere Liebe ist immer weniger geworden. Ich bin oft ausgegangen, habe genauso mit anderen Männern getanzt, aber bin dem Jakob immer treu geblieben.
Natürlich habe ich nicht gleich loslassen wollen. Jakob ist mir wirklich wichtig gewesen. Er war der Einzige, den ich je meiner Mutter und dem Ziehvater vorgestellt habe, meinen späteren Ehemann ausgenommen. Es hat mir auch leidgetan, aber die Beziehung hätte keinen Sinn gehabt. Er hätte das Haus in Kleinraming geerbt, das war in einem Graben, da habe ich keinesfalls hinwollen, auch wenn ich es nie gesehen habe. Keiner hat bewusst Schluss gemacht, aber das Briefeschreiben hat dann irgendwann einmal ein Ende gehabt.

Ein Jahr später, im Sommer 1952, habe ich Jakob noch einmal getroffen. Er hat an dem Kirchenturm in Kürnberg gearbeitet. Nachdem dieser fertig restauriert gewesen ist, hat es wieder eine Feier samt Zimmerertanz gegeben. Und auf dieser Feier stehe ich plötzlich auf der Tanzfläche und schaue in seine blauen Augen. Er erwidert meinen Blick, wir gehen wortlos aufeinander zu. Er nimmt meine Hand und ich seine. Ein neues Lied beginnt, und wir fangen zu tanzen an. Er drückt mich an sich, ich lege meinen

Nach der unruhigen Nacht bin ich am Montag zeitig in den Stall hinaus, um die Tiere zu füttern. Der Herr Dorfer ist dazugekommen, weil er um diese Zeit stets seine Pferde geputzt hat. Er hat ein paar Utensilien von einem Haken an der Wand heruntergeholt und damit abwechselnd seine Tiere gestriegelt und gebürstet. Da habe ich allen Mut zusammengenommen und habe mit leiser, gebrochener Stimme gesagt, dass ich in vierzehn Tagen weggehen würde. Das hat der Bauer nicht einmal gehört, so leise habe ich geredet. Beim zweiten Versuch hat er mich Gott sei Dank verstanden! Da sind mir auch schon die Tränen gekommen. „Ich kann dich nicht aufhalten“, hat er gesagt. „Wenn du meinst, dass es dort besser wird!“ Dabei hat er mich nicht angeschaut, ist einfach zum nächsten Pferd gegangen und hat dieses zu striegeln begonnen.

Als es die anderen erfahren haben, haben sie sich im Haus versammelt und geweint. Die Bäuerin, die Altbäuerin und die Kinder Stefanie und Maria, nur der Herr Dorfer nicht. Es war eine Stimmung im Haus, als wäre jemand gestorben. „Wenn das so weitergeht“, habe ich gedacht, „halte ich die nächsten Tage nicht durch!“ Aber es ist dann doch besser geworden. Bis auf den Abschiedstag. Der hat sich wieder wie jener Montagmorgen angefühlt.

Im Laufe der Zeit habe ich meine Tiere (eine Kuh und eine Kalbin, die sich nicht mehr haben decken lassen) verkauft und mir aus dem Erlös eine trächtige Kalbin zugelegt. Diese habe ich nun an den Nachbarn verkauft. Auch mein Schwein und meine Hühner waren bereits verzehrt. Ohne eigene Tiere hat mich nun nichts mehr aufgehalten. Ich habe zu den Grubhofers gehen können und mich dabei sehr frei gefühlt!

23.
Sepp
–
Die Arbeit in der NEWAG
(1953 – 1956)

In meinem Leben habe ich schon viel gemacht. Ich bin Bauer, Soldat, Rossknecht, Müllergehilfe und Holzarbeiter gewesen und habe auch schon im Steinbruch gearbeitet. Nun bin ich wieder bei der NEWAG genommen worden.
Wir haben fast immer im Waldviertel gearbeitet. Das war zwar auch nicht die große, weite Welt, jedoch ein anderes „Fleckerl"

als Biberbach und das leidige Oberland. Jeden Montag bin ich zu Fuß nach Krenstetten marschiert und von dort aus mit dem Zug weitergefahren. Der Zug ist für die NEWAG billiger gewesen, als uns mit einem Lastwagen hinzubringen.
Ich glaube, es ist an einem Montag im April 1954 passiert.
Vom Bahnhof in Elsenreith aus hat uns ein Auto zum Waldrand gebracht, wo wir bereits mehrere Wochen gearbeitet haben, genau zwischen den Orten Elsenreith und Voitsau. Wir haben eine komplett neue Leitung verlegt, was im hügeligen Gebiet eine schwere Geburt gewesen ist. Das Gras war feucht, da hat es in der Nacht nicht einmal regnen müssen. Trotz der Nebelsuppe haben wir auf der anderen Straßenseite wieder die drei Rehe gesehen, die uns jeden Morgen bei der Arbeit zugeschaut haben.

Ich als Hilfsarbeiter habe ein Loch graben müssen, um später mit Kollegen einen Masten setzen zu können. Die Erde hat man im Frühjahr leichter aufgelockert als in einem trockenen Sommermonat. Tief unten hat man sich aber immer voll verausgaben müssen! Mit Schaufeln, Krampen und Spaten haben wir uns in die Tiefe (bis zu neunzig Zentimeter) vorgegraben, später hat uns ein Kompressor geholfen, die Erde herauszubringen.

Mit meinem Arbeitskollegen, Herrn Narringbauer, einem netten Mann aus Seitenstetten, bin ich gerade dabei gewesen, den Masten aufzustellen. Herr Narringbauer hat sich nie über eine Arbeit aufgeregt, er hat jeden Auftrag brav ausgeführt.
Der Masten ist schon fast aufrecht gestanden, da hat mich der Partieführer, der Tüchler Fritz, zu sich gerufen, um gemeinsam mit ihm und meinem Freund Haslinger Bert einen langen Draht zu spannen. Ich habe mir nichts dabei gedacht, da der Masten mit Stangen und einem Flaschenzug gesichert war und auch

der Narringbauer gesagt hat, dass er das alleine schaffen würde. Außerdem ist der Partieführer ein sehr angesehener Mann gewesen. Obwohl er noch sehr jung war, hat er gewusst, wo es langgeht. (Der Tüchler Fritz ist auch der Erste gewesen, der sich ein Auto hat leisten können, einen 150er Fiat. Deswegen ist er auch Beistand bei meiner Hochzeit gewesen: Als Einziger im Bekanntenkreis hat er uns nach der Messe in einem Auto herumkutschieren können.)
Der Haslinger, der Tüchler und ich haben an der Spitze eines Masten gearbeitet, den wir bereits am Freitag vorher aufgestellt haben. Der Wind hat aufgehört, wie immer ist es im Waldviertel ruhig gewesen. Ich habe den letzten Draht festgezogen, da haben wir einen lauten Knall gehört. Ich habe mich nicht umdrehen müssen, um zu wissen, was passiert ist.
Der Masten und der Herr Narringbauer vereint am Boden liegend! Der Stamm hat ihn in die feuchte Erde gedrückt. Er hat es zwar probiert, aber sich unmöglich alleine befreien können. Der Tüchler, der Haslinger und ich sind sofort hinuntergeklettert und haben den Masten zur Seite gerollt. Tot war unser Kollege nicht, aber er hat auch schon mal besser ausgesehen! Vielleicht hätte er doch einmal weniger brav einen Auftrag ausführen sollen. Vielleicht hätte er einfach sagen sollen, dass es ihm alleine zu viel wird.
Der Narringbauer hat nach Luft geschnappt, nach und nach hat er sich wieder leichter getan. Wir haben seine Latzhose und sein Hemd aufgemacht und einen großen, blauen Fleck am Oberkörper entdeckt. ‚Hoffentlich keine innere Blutung!', haben wir uns gedacht.
Früher ist die Rettungskette ein wenig anders abgelaufen.
Da hat man den Narringbauer gefragt, wo er denn hin will.
„Alles nur keine Rettung!", hat er gesagt. Da wäre er nämlich

in ein Waldviertler Krankenhaus eingeliefert worden und kein Verwandter hätte ihn besuchen können! So hat der Tüchler die NEWAG-Zentrale anrufen müssen, die hat uns einen Lastwagen geschickt und den Herrn Narringbauer ins Amstettner Krankenhaus gebracht. Das Ganze hat insgesamt zwei Stunden gedauert – zum Glück ist alles gut ausgegangen!

Das Graben und Aufstellen der Masten ist genauso anstrengend gewesen wie die Arbeit als Rossknecht. Allerdings habe ich hier mehr Geld gekriegt, weil wir während der Woche im Waldviertel bleiben haben müssen und es dafür einen Zuschlag gegeben hat. Die Unterkünfte vor Ort haben wir aus der eigenen Tasche bezahlt. Übernachtet haben wir bei Bauern. Das war nicht so teuer, außerdem hat es im Waldviertel ohnehin keine andere Möglichkeit gegeben.
Aber das Beste daran: Die Bauern haben erbfähige Töchter gehabt! Und hier haben die Väter die Suche nach Heiratskandidaten übernommen! Denn früher war das Waldviertel eine eher arme Gegend. Dort hat es viele, aber kleine Wirtschaften mitten im Nirgendwo gegeben. Da hat man froh sein können, wenn sich ein Mann für die eigene Tochter und die Gegend erwärmen hat können. Mein Traum, Bauer zu werden, war wieder da!
Deswegen bin ich mit einem Mädchen zusammengekommen, das bald einen prächtigen Hof erben hätte sollen. Sie war viel jünger als ich, halbwegs hübsch und auch sehr arbeitswillig. Aber leider ist mir schon nach einigen Wochen langweilig geworden. Haus und Hof können noch so schön sein, es muss auch sonst alles passen. Und bei dieser abgeschiedenen Gegend bin ich noch kritischer gewesen, da hat die Frau schon was Besonderes sein müssen! Auch ohne Mädchen haben wir unseren Spaß gehabt. Weniger am Abend, da sind wir meist völlig erschöpft ins

Quartier zurückgekehrt, da haben wir nicht einmal mehr Kraft für ein Bier und fürs Kartenspielen gehabt. Nein, die meiste „Gaudi" haben wir zu Mittag gehabt. Weil zu Mittag sind wir jeden Tag ins Wirtshaus gegangen!
Und früher hat man noch während der Arbeit ein Glas Bier trinken können, oder auch zwei. Da hat keiner gefragt, ob man das darf oder nicht. Die Halbe hat damals ein bis zwei Schilling gekostet. Bei einem Lohn von etwa fünfhundert Schilling hätten wir uns ohnehin nicht (oft) betrinken können!
Im Gasthaus haben wir als Hauptspeise fast immer die Waldviertler Knödel empfohlen bekommen. Ganz ehrlich: Ich habe sie nicht gemocht, weil sie so patzig waren. Wenn mich die Kellnerin nach dem Essen gefragt hat, habe ich ganz laut geantwortet: „Ein Essen ohne Gummiknödel, bitte!" Da habe ich die Wirtsleute ordentlich ärgern können, der Knödel war doch der ganze Stolz der Gegend!

Meist waren die Wirtshäuser auch wochentags überrannt. Man hat also schauen müssen, der Erste zu sein, sonst war das Beste schon weg. (Die Waldviertler Knödel waren leider nie aus!)
Wenn wir in ein neues Gebiet gekommen sind, ist der herzlose Haslinger immer an vorderster Front ins Wirtshaus marschiert. Da ist es oft richtig lustig geworden. Denn jedes Mal hat er einen anderen Spruch auf Lager gehabt.
Zum Beispiel am Jauerling. Draußen hat es wie aus Kübeln geschüttet, und wir waren froh, endlich in einer Schutzhütte Unterschlupf zu finden. Da ist hinter einem Tresen eine ältere Dame nach vorn gekommen.
„Grüß Gott, die Herren!", hat sie uns freundlich empfangen. „Ein Sauwetter heute, nicht wahr?" Der herzlose Haslinger ist auf sie zugegangen und hat ihre Hände genommen. Wir haben uns das

Lachen verkneifen müssen, weil wir gewusst haben, dass gleich wieder der Lausbubencharme des Haslingers zuschlagen würde. „Oh du mei liabstes Resal", hat er schließlich mit einem Dackelblick gesagt. „Dir gib i ois, bis aufs letzte Bresal!"

Die ganze Zeit über haben wir Lichtleitungen im Waldviertel gelegt, als wäre in diesem Gebiet keine einzige Leitung zuvor verlegt worden. Nach wie vor bin ich am Wochenende in die Kumpfmühle zum Übernachten heimgekehrt. Die Arbeit dort ist wegen des Traktors und der Maschinen einfacher geworden. Weil ich schon so lange bei den Theuerkaufs gelebt habe, haben mir die Leute schließlich den Spitznamen „Kumpfmühler Sepp" verpasst.

Häufig habe ich dort ein Mädchen getroffen, das am Samstag Brot geholt oder Getreide hat mahlen lassen. Ich habe es mit meinen lustigen Sprüchen versucht, aber sie nicht recht beeindrucken können. Das wäre mir eigentlich auch egal gewesen, schließlich hat sie keinen großen Hof zu erben gehabt. Und dennoch...

24.
Mitzi
–
Tante Rosa wird krank, und ich lerne den Kumpfmühler Sepp kennen
(1955-1956)

Wie der Start bei den Grubhofers gewesen ist? Richtig bereut habe ich es nicht, aber ehrlich gesagt, habe ich mir mehr erhofft! Mir hat nicht alles an der neuen Arbeit gefallen! Der Stall war so klein, die Wege so umständlich. Die Kühe sind im eigenen Mist gelegen, die waren ganz dunkelgrau! Man hat sehr dahinter sein müssen, dass sie schnell halbwegs sauber werden. Meine Vorgängerin hat das mit dem Putzen scheinbar nicht so genau genommen. Vor lauter Schmutz war das Fell verkrustet, das ist nicht gleich beim ersten Mal runtergegangen. Ich habe sie täglich gestriegelt und gebürstet, bis sie richtig schön geworden und ihre Haare sogar nachgewachsen sind. Das hat mich stolz und gleichzeitig glücklich gemacht.
Der Herr Grubhofer ist am Abend heimlich in den Stall hinausgegangen und hat seine Kühe angeschaut. Er ist stolz auf seine Tiere gewesen. Gesagt hat er es mir nicht, aber ich habe es gespürt. Plötzlich hat er die Kühe nämlich seinen Nachbarn gezeigt!

Was mich noch gestört hat, war, dass mich die Grubhofers jeden Samstag in die Kumpfmühle geschickt haben, um ihr Getreide fein mahlen zu lassen. Während der Woche ist es mir egal

gewesen, aber am Samstag habe ich jedes Mal gemurrt.
„Geht das nicht auch am Montag?", habe ich dann gefragt.
Am Montag ist nämlich der Kumpfmühler Sepp nicht da gewesen, und seine Sprüche sind mir gewaltig auf die Nerven gegangen!
„Heute wird das Brot gebacken, nicht am Montag, mein Schätzchen!", hat mir die Frau Grubhofer geantwortet, und ich habe mich wohl oder übel wieder mit dem Kumpfmühler Sepp herumschlagen müssen.

Ich habe meine neue Arbeit immer weniger gemocht, sie hat mir nicht gepasst, der Stall ist mir zu klein gewesen! Ich habe das meiner Mutter erzählt, was mir nicht leichtgefallen ist, weil sie mich ja bei den Grubhofers empfohlen hat. Erst durch sie habe ich diese Arbeit bekommen. Und ich war doch erst ein paar Monate angestellt gewesen.
„Geh, die anderen Mägde haben es ja auch ausgehalten", hat sie mir ins Gewissen geredet. Sie hat einen guten Stand bei den Grubhofers gehabt. Wegen ihres Rufes habe ich mich schlussendlich nicht getraut wegzugehen.
„Ist ja eh ein wirklich gutes Haus", habe ich mir eingeredet.
„Auch die Leute sind in Ordnung!"
Aber es hat nichts geholfen, mein Problem hat sich nicht in Luft aufgelöst. Der Stall war mir einfach zu klein! Ich war schon zu lange einen größeren gewohnt, da habe ich keine Abstriche mehr machen wollen. Jetzt habe ich überlegt, wie ich aus der Sache rauskommen könnte, ohne meine leibliche Mutter zu blamieren. Mir ist nichts eingefallen, dafür hat das Schicksal nachgeholfen. Denn ein Jahr später ist ihre Schwester, Tante Rosa (Auer), plötzlich wegen einer Wirbelsäulenverletzung ins Krankenhaus eingeliefert worden. Schon länger hat sie anhaltend starke

Schmerzen gehabt, nun war sie arbeitsunfähig geworden. Natürlich hat mir das leidgetan. Gleichzeitig habe ich mir aber auch gedacht: Jetzt habe ich meine Austrittskarte!
Tante Rosas Ehemann, Onkel Hans, war in den Böhlerwerken beschäftigt und hätte sich nicht um seine Kinder kümmern können. Hans war fünfzehn, Rosa zehn und Erni vier Jahre alt. Daher habe ich meine Tante im Spital besucht und gefragt, ob ich ihr nicht helfen und die tägliche Hausarbeit für sie machen sollte. Mir hat die Aussicht auf was Neues gefallen, nicht nur, weil sie in Biberbach gewohnt haben, sondern es neben den drei Kindern auch sechs Ziegen, ein paar Schweine und Hühner gegeben hat.
Die Antwort meiner Tante: „Das wäre mir sehr recht!"
Meine Mutter hat auch nicht dagegen sein können – schließlich ist es ja um ihre Schwester gegangen, die dringend Hilfe nötig gehabt hat.
Dieses Mal ist es mir leichter gefallen zu kündigen. Ich war noch nicht so lange bei meinen Arbeitgebern gewesen und habe eine gute Ausrede gehabt. Auch wenn der Herr Grubhofer über meine Nachricht nicht erfreut gewesen ist.
„Was ist, wenn deine Tante überhaupt nicht mehr gesund wird? Was tust du dann?", hat er in seiner ersten Enttäuschung gefragt. Vermutlich hat er Angst gehabt, seine Kühe nicht mehr herzeigen zu können.
„Da würde ich eben etwas Neues suchen!" Um ihn zu beruhigen, habe ich ihm ein paar Tipps gegeben, wie man die Krusten von den Kühen entfernt, falls es die nächste Magd mit dem Putzen wieder nicht so genau nehmen sollte.

In den nächsten Monaten ist Tante Rosa im Spital oder auf der Stolzalpe im Gipsbett gelegen, es ist weder besser noch schlechter geworden. Den Kindern habe ich beim Briefeschreiben geholfen, weil sie ihre Mutter nur selten haben besuchen können. Geld habe ich keins bekommen, da mir Onkel Hans wie vereinbart nur die Krankenkasse gezahlt hat. Deshalb bin ich zu einem Nachbarn arbeiten gegangen und habe mir so mein Geld verdient. Von Mitte Mai bis Allerheiligen 1956 habe ich mich um die Kinder und um die Tiere gekümmert. Dann ist der Winter gekommen, da hat der Onkel Hans stempeln gehen müssen und selber zuhause bleiben können, ich bin überflüssig gewesen. Aber das war für mich nicht weiter schlimm, denn im Sommer habe ich jemanden kennengelernt, der mein Leben verändern sollte. Ich habe meinen Ehemann getroffen...

Also ein bisschen habe ich ihn ja schon gekannt. Wegen ihm bin ich ja samstags so ungern in die Kumpfmühle gegangen, um das Getreide der Grubhofers mahlen zu lassen. Wegen ihm habe ich nur widerwillig das Brot für Onkel Hans und die Kinder geholt. Meine Freundin, die Frieda aus Biberbach, die Tochter der Nachbarin, wo ich gearbeitet habe, hat mich gefragt, ob ich ihn nicht doch mag, weil ich dauernd von ihm geredet habe.
„So ein Blödsinn!", habe ich erwidert. „Der gefällt mir gar nicht."
Seine Art hat mich wütend gemacht! Dauernd hat er einen blöden Spruch auf Lager gehabt, hat mich dauernd provoziert.
„Der Kumpfmühler Sepp hat doch so ein loses Mundwerk! Ich halt den nicht aus!"
Meine Freundin hat gelächelt, und ich habe nicht mehr über ihn reden wollen.

Die Auers haben ein neues, kleines Wohnhaus aus Holz bauen lassen. Natürlich haben hier wieder Zimmererleute gearbeitet, natürlich hat es dann wieder eine Feier gegeben. Dafür habe ich einen Baum für die Segnung schmücken und ein Gedicht aus

einem Buch heraussuchen müssen.
Es ist Abend geworden. Der Zimmerertanz war bereits gut besucht, viele Arbeiter und Nachbarn sind schon da gewesen. In der Stube sind die Männer gesessen, im Vorraum ist getanzt worden, im Garten und im Heuschuppen haben Gartenmöbel und Baumstümpfe zum Sitzen eingeladen.
Ich habe getanzt und dann draußen nach Frieda gesucht, als der Kumpfmühler Sepp mit einem jungen Mädchen um die Ecke gebogen ist. Dabei hat der gar nicht zur Feier gehen wollen! Das hat mir die Frieda zumindest gesagt! Scheinbar hat sich das junge Mädchen, die Theuerkauf Poldi, doch noch bei ihm durchgesetzt. Bestimmt hat sie nicht ohne Begleitung gehen dürfen und den Kumpfmühler Sepp dazu überredet. „Typisch für ihn, dass er seine Meinung für ein Mädchen ändert. Der hat eben kein Rückgrat!"

Als ich dann die Frieda gefunden habe, habe ich ihr das gleich gesagt. Sie hat aber nur mit halbem Ohr hingehört, weil neben ihr ein junger Mann gestanden ist, der ihr gefallen hat. So habe ich mich an einen kleinen Holztisch neben den Sohn eines Nachbarn gesetzt. Ich habe mich mit ihm unterhalten, ohne Angst haben zu müssen, dass er mehr von mir will, und mich zu einem Tanz auffordern lassen. Einen Tanz habe ich ja nie ausschlagen können. Er hat mich an der Hand genommen, und wir sind in den kühlen, etwas muffigen Vorraum gegangen, wo drei Pärchen auf dem Steinboden getanzt haben. Ein junger Mann hat an der Wand gelehnt, auf seiner Ziehharmonika gespielt, eine Zigarette im Mund gehabt und dabei vergnügt gelächelt. Der hat sein Handwerk verstanden! Nach ein paar Liedern sind wir zum Tisch zurückgekehrt, und ich habe dann die Leute im Hof beobachtet.

Da sehe ich, wie der Kumpfmühler Sepp gerade beim Heuschuppen mit einem Zimmermann redet. Der kennt irgendwie jeden! Eigentlich eh logisch! Viele Leute kommen ja zum Brotkaufen in die Kumpfmühle oder lassen sich das gemahlene Getreide liefern. Der wird wohl schon viel herumgekommen sein.
Nein! Bitte nicht! Er steuert direkt auf mich zu! Ich hätt' ihn nicht so lange anstarren dürfen! Ich halte nach dem Sohn unseres Nachbarn Ausschau. Aber vor lauter Schauen habe ich offensichtlich nicht mitbekommen, wie der mit anderen Leuten in der Stube verschwunden ist.
„Na Mitzi, sind wir heute zum Sitzen oder zum Tanzen gekommen?“, fragt mich der Kumpfmühler Sepp. Wie ich sein loses Mundwerk hasse!
„Zum Tanzen!“, antworte ich, springe auf und erreiche als Erste den Vorraum. Zumindest sollte er mir nachlaufen!
Dann haben wir also getanzt. Der Sepp hat das nicht einmal schlecht gemacht. Das hätte ich mir ehrlicherweise nicht gedacht! Er ist ja eher als Raufbold bekannt gewesen. Ich habe ihm in die Augen geschaut. Die haben so jugendlich und verschmitzt gewirkt. Als würde er ständig Schabernack im Kopf haben und sich dauernd einen neuen Lausbubenstreich ausdenken. Sein Gesicht war weich, obwohl sein Körper groß und stark war. Beim geschlossenen Tanz bin ich ganz in seinen Armen verschwunden. Irgendwie habe ich mich wohl gefühlt. Schnell habe ich diesen Gedanken wieder abgeschüttelt. Zum Glück war der Tanz vorbei, und ich habe alleine zum Tisch zurückkehren können.

Vor lauter Tanzen ist die Zeit an diesem Abend wie im Flug vergangen. So hat es mich nicht überrascht, dass es, als ich auf meine Armbanduhr mit dem roten Lederband geschaut habe, bereits nach Mitternacht war. Ich habe Frischluft gebraucht und

bin auf die Straße gegangen. Dort hat ein Bursche mit seinem Motorrad auf Frauen gewartet.
„Na komm schon, steig auf! Ich kann auch hinter dir sitzen..."
Dieses Gerede habe ich überhaupt nicht ausgehalten!
„Ich bin mit meinem Cousin da!", habe ich gesagt und in Richtung Hof gezeigt. „Der begleitet mich heim!" Um den Motorradfahrer loszuwerden, bin ich ins Haus zurück. Müde vom langen Tag und der vielen Tanzerei und genervt von blöden Anmachsprüchen habe ich schlagartig heimwollen und nach meinem Cousin Hans gesucht. Er war erst sechszehn Jahre alt und zum ersten Mal auf so einer Feier. Und genau das ist auch der Grund gewesen, warum er noch nicht heimgehen hat wollen.
„Ein Uhr war ausgemacht!", hat er trotzig in der Stube gesagt. „Ich habe noch eine Stunde!" Hans hat keine Anstalten gemacht, mich nach Hause zu bringen.
Der Kumpfmühler Sepp hat unser Gespräch mitangehört.
„Geh' halt ich mit dir mit", hat er gesagt, obwohl er genau gewusst hat, dass er mich damit noch mehr verärgert. Ich habe eigentlich „Nein" sagen wollen, aber gesagt habe ich:
„Dann gehst halt mit!" So schlimm wird's schon nicht werden, habe ich mir gedacht. Soll er eben neben mir herrennen!
Der Sepp hat vorher noch mit einem Zimmermann und der Theuerkauf Poldi geredet, scheinbar ist es darum gegangen, wie das junge Mädchen heimkommen würde.
„Erledigt", hat er schließlich zu mir gesagt, und wir beide haben uns auf den Heimweg gemacht. Für mich sind es nur zehn Minuten gewesen, der Sepp würde dann noch ein ganzes Stück weitergehen müssen.

„Na, wartet zuhause ein Freund auf dich?" Wieder ein blöder Spruch – er hat es nicht sein lassen können! Doch ich habe ihn

damit ausgebremst, ihn nach seiner Arbeit zu fragen.
„Was machst du so, wenn du nicht in der Kumpfmühle bist?“, habe ich wissen wollen. Endlich einmal habe ich eine vernünftige Antwort von ihm bekommen. Er hat mir von seiner Arbeit bei der NEWAG erzählt, und dass ihn gerade ein Grundstück in Kröllendorf interessiere. Ob ich mir das nicht einmal ansehen möchte?
„Warum nicht…“, habe ich erwidert und bin von meiner eigenen Antwort überrascht gewesen.

Schließlich sind wir zu dem Platz gekommen, wo sich unsere Wege trennen sollten. Es war eine laue Nacht. Ich hatte meine Weste geöffnet und habe zum Himmel gestarrt. Leichte Wolken haben gerade den Vollmond verdeckt.
„Ich werde dich am Sonntagnachmittag abholen“, hat der Kumpfmühler Sepp schließlich zu mir gesagt.
„Wozu?“, habe ich gefragt.
„Na, um dir das Grundstück zu zeigen.“
„Ach so, okay.“
„Bis Sonntag dann“, hat er zu mir gesagt und mich auf die Lippen geküsst.
„Bis Sonntag“, habe ich geflüstert und bin lächelnd ins Haus der Tante Rosa hineingegangen.

Am Sonntagnachmittag hat er mich mit seinem Motorrad (einer 125er) vom Auer Onkel abgeholt, um mir das Grundstück in Kröllendorf zu zeigen.
Eine ebene Wiese, an einer Straße gelegen, nicht weit vom Bahnhof entfernt, in unmittelbarer Nähe das Geschäft Prinz, das Gasthaus zum Jägerhorn und dann der wunderbare Blick auf den Sonntagberg. Ja, es hat auch mir dort gut gefallen.

„Das Haus soll einen Zubau kriegen, mit Ställen für Schweine und Hasen! ... Da will ich einen Acker machen und Erdäpfel, Roana (= rote Rüben), Burgunder, Gemüse und Salat anbauen." Dann hat er mir noch gezeigt, wohin er die Obstbäume und die Himbeerstauden setzen würde.
„Und der Bahnhof ist auch nur hundert Meter entfernt. Da kann ich mit dem Zug zur NEWAG fahren!"
„Nicht schlecht", habe ich geantwortet.
„Und, was sagst?"
„Ja, passt eh", habe ich erwidert. Es hat ja auch gepasst...

Epilog: Mitzi
(Montag, 7. Oktober 2013)

Es ist nicht leicht. Weil er sich immer weniger merkt, wird es immer schwerer mit ihm. Ständig muss ich ihn überzeugen, dass er nicht mehr in die Arbeit gehen muss. Oder er nicht mehr mit dem Auto einkaufen fahren darf. Oder wir gar keinen Zwetschkenbaum mehr haben! Das ist anstrengend! Da streiten wir oft eine Viertelstunde lang, bis er es endlich kapiert hat.

Mein Mann sieht gerade fern. Jetzt läuft Barbara Karlich, da bleibt er sitzen, da steht er nie auf, da habe ich meine Ruhe.
So liege ich in der Küche und raste mich aus. Ich schaue auf den Ofen, wo die leuchtende Uhranzeige blinkt. Ich kann das nicht mehr einstellen, es ist mir aber auch egal. Ich habe ja meine Wanduhr.
Die Zeiger sind das Einzige, was ich hören kann. Mein Mann hat im Wohnzimmer die Kopfhörer auf und sonst ist niemand im Haus. Mein Sohn ist viel unterwegs, die Schwiegertochter auch. Die Enkelkinder kommen täglich vorbei, aber auch oft nur kurz. Alles ist so hektisch heutzutage. Alles so ernst. Früher waren die Menschen viel lustiger.
Was wäre gewesen, wenn ich Kindergärtnerin geworden wäre? Läge ich da jetzt auch auf diesem Sofa? Oder wäre ich ganz woanders?
Es ist so gekommen, wie es gekommen ist. Das ist auch gut so! Und so stehe ich auf und schneide mir eine Scheibe vom Bauernbrot ab. Ist das gut! Vom Bäcker kann man sich keines mehr kaufen, das schmeckt irgendwie alles so fad. Außerdem weiß man heutzutage nicht mehr, was da alles drinnen ist. Und ich will wissen, was drin ist! So wie früher, als wir unser Getreide in der Kumpfmühle mahlen lassen und dann das Brot selbst gebacken haben. Hmm, wie das gut geschmeckt hat!

Ich schalte den Ofen ein und überlege, was ich für den Teig brauche. Mir fällt ein, dass ich noch das Gefäß entsorgen muss. Es ist, es war ein Kochtopf, den mein Sohn gestern von den Resten des Oo-Häuserls in Kürnberg raufgeschleppt hat. Am Rand ist er so scharf, dass man ihn nur mit einem Handschuh angreifen kann. Er ist vollkommen durchgerostet. Wenn der Teig im Ofen ist, werde ich ihn entsorgen.

Ich schaue ins Wohnzimmer. Mein Mann ist aufgestanden und pinkelt in die Urinflasche. Er kann noch selber aufs Klo, aber der Weg ist oft beschwerlich für ihn. Dann stellt er die Flasche auf den Boden, dreht sich um und schaut mich an. Weiß er gerade, dass ich es bin? Die meiste Zeit glaube ich schon. Aber es gibt Momente, in denen er grübelt. Mir kann er da nichts vormachen! Nicht nach siebenundfünfzig Jahren!

Die Pflegestufe ist gestern um eins erhöht worden. Was mich nicht wundert, aber mir Angst macht! In nächster Zeit wird es noch schwerer mit ihm werden! Mein Mann richtet sich die Kopfhörer zurecht, schaut zum Fernseher und dreht sich nochmals nach mir um. Die Falten sind mehr geworden und seine Orientierung weniger. Er kann kaum noch aufrecht stehen. Aber irgendwie mag ich es immer noch, wenn er mich so frech anstarrt. Wie einst der junge Kumpfmühler Sepp mit seiner vorlauten Klappe.

Nachwort Josef Hörndler jun.

(Sohn)

Es durchfährt mich wie ein Blitz: Da ist er, der Platz! Nach einem Kampf durch unwegsames Gelände stehe ich mit 56 Jahren verschwitzt aber überglücklich erstmals an der Stelle, wo das Oo-Häuserl einst gestanden ist. Die Sonne blinzelt durch Bäume und Gestrüpp, als wolle sie die Gefühle erwärmen. Dass ein überwachsener Steinhaufen so viele Gedanken und Emotionen hervorrufen kann!

Es sind die Wurzeln meiner Mutter, die mich in ihren Bann ziehen. Erzählungen kommen mir in den Sinn, Bilder steigen in mir auf: Die Kindheit meiner Mutter mit ihrer so geliebten Großmutter, die vielen Todesnachrichten, die dieses Haus erreichten, Not und Gewalt, die hier hautnah erlebt wurden, Einsamkeit, ...

In Gedanken versunken verweile ich an diesem Platz. Das Leben meiner Eltern läuft wie ein Film vor mir ab. Durch die Recherchen meines Sohnes denke ich an Details, die mittlerweile vergessen waren oder von denen ich vorher noch nie gehört hatte.
In frühester Kindheit mussten meine Eltern ihr Zuhause verlassen, hatten es nie leicht, schafften es aber trotzdem, ihr Leben zu meistern. Die Verbindung zu ihrem Elternhaus riss nie wirklich ab. Besonders mein Vater suchte immer wieder Kontakt zu seinen Eltern und seinen zehn Geschwistern – und fand ihn auch.
Auch nach ihrer Hochzeit hatten meine Eltern viele Schwierigkeiten zu überwinden.
Meine Mutter erlitt mit 28 Jahren einen Lungeninfarkt, der lange nicht richtig diagnostiziert wurde und dadurch fast zu ihrem Tode geführt hätte. Auch die vier Fehlgeburten setzten ihr verständlicherweise zu, besonders psychisch.
Im Alter von 32 Jahren war mein Vater aufgrund von Rückenproblemen fast ein halbes Jahr nicht fähig zu gehen. Monatelang lag er in Spitälern und war der Verzweiflung nahe. Schulden am Haus (es war hauptsächlich mit eigener – händischer – Arbeit erbaut worden), die Sorgen um den Arbeitsplatz und damit auch die Sorgen, wie er in Zukunft seine Familie ernähren könnte, raubten ihm fast den Verstand. Ein Heiler in Passau brachte ihn wieder auf die Beine und ermöglichte ihm, bei der NEWAG weiterzuarbeiten.
Ein Gedanke berührt mich besonders. Mein Vater durfte nur wenig in die Schule gehen – weil die Arbeit immer wichtiger war. (Zeitlebens wollte er arbeiten, suchte immer neue Herausforderungen.) Auch meine Mutter konnte, bedingt durch das Kriegsende, nur 7 Jahre und 3 Monate die Schulbank drücken.
Ich aber hatte die Chance, 15 Jahre Ausbildung zu genießen und durfte und darf mich auch heute noch weiterbilden. So konnte

ich auch den Wunsch meiner Mutter, mit Kindern zu arbeiten, verwirklichen, ich wurde Lehrer.

Nachdenklich stimmt mich, dass ich zur ersten Generation gehöre, die weder Krieg noch wirkliche Not erlebt hat. Und trotzdem ist es genau meine Altersgruppe, die sich schwer tut, die Herausforderung eines toleranten, achtsamen und dankbaren Miteinanders zu meistern.

Zurück von meinem gedanklichen Ausflug in die Vergangenheit, grabe ich einige Steine und rostiges Geschirr aus, um sie wie Relikte mitzunehmen. Ja, einige Steine vom Oo - Häuserl sind noch übrig – für mich sind sie das Symbol für die Lebensprüfungen meiner Eltern, die sie mit Durchhaltevermögen, starkem Willen und Vertrauen so bravourös bestanden haben.

Nachwort Hannes Hörndler
(Enkel, Interviewer und Verfasser der Lebensgeschichten)

Wie oft hört man sie, die Geschichten seiner Großeltern? Und Hand aufs Herz: Wie oft hört man genau hin? Meistens sind es nur Ausschnitte, die wir zwischen Mehlspeise und Kaffee mitbekommen und die gleich wieder wegen eines anderen Inhalts verloren gehen.

Auch ich habe mich dabei ertappt, nur Bruchstücke zu kennen, niemals das große Ganze. Und deswegen wollte ich meine Großeltern interviewen. Ich wollte ihre Geschichten aus einer anderen Zeit aufschreiben, damit sie als ganzer Mensch in Erinnerung bleiben. Denn irgendwann wäre es zu spät gewesen, all die Dinge wären verloren gewesen.

Daher muss ich wohl dem Schicksal dankbar sein, dass die Interviews vier Tage vor dem Schlaganfall meines Großvaters beendet waren. Opa, Josef bzw. der Kumpfmühler Sepp ist am 5. Dezember 2013 friedlich entschlafen. Meine rüstige Oma hingegen lebt – gemeinsam mit meinen Eltern – in Kröllendorf, im Haus auf der ebenen Wiese, an einer Straße gelegen, ... mit wunderbarem Blick auf den Sonntagberg, ... dort, wo es noch immer passt!

Ich bin dankbar, dass sich meine Großeltern nach den schwierigen Ereignissen in ihren jungen Jahren nie aus der Spur bringen ließen und demütig aber auch fröhlich ihren Weg gingen. Trotz der vielen Widrigkeiten, trotz der harten Herausforderungen. Dadurch sind sie für mich zu Vorbildern geworden.
Durch meine Großeltern war ich wieder mit dem „Leben" konfrontiert. Ich habe den Anfang und ein Ende kennen gelernt. Das macht das Leben nun einmal aus. Zu leben und zu sterben. Aber vor allem: Zu leben!

Verwandtschaftserklärungen:

Sepp: Josef Hörndler (1928 - 2013),
heiratete 1957 Maria Dorfmayr

Theresia Hörndler, geb. Fügerl (1903 – 1978),
Mutter von Sepp

Engelbert Hörndler (1900 – 1961),
Vater von Sepp

Engelbert (Engel), **Johann** (Hans) –
Brüder von Sepp

Anna Fügerl (1976 - 1938)
Großmutter von Sepp (mütterlicherseits)

Johann Fügerl (1866 – 1940),
Großvater von Sepp (mütterlicherseits)

Anton Fügerl (1909-1945),
Sohn von Maria und Johann Fügerl,
Onkel von Sepp, heiratet Katharina

Karl Fügerl,
Sohn von Maria und Johann Fügerl,
Onkel von Sepp

Lena Fügerl,
Tochter von Maria und Johann Fügerl, Tante von Sepp

Sepp Fügerl,
deren Sohn, Cousin von Sepp

Reserve Lazarett Wissen Sieg   22 Wissen, den 14. Dezember 44

Sehr geehrte Frau Altenreiter!

Ich habe die traurige Aufgabe und Pflicht Ihnen mitteilen zu müssen, dass Ihr Sohn Gefr. Karl Altenreiter am 10.Dezember 1944 vormittags um 9 Uhr plötzlich, nachdem er am Tage vorher durch einen Lazarett-Zug hier zur Aufnahme gekommen war, verstorben ist. Anscheinend ist während der Fahrt in dem Lazarett-Zug eine unvorhergesehene und nicht zu erwartende Verschlimmerung seines Gesamtzustandes eingetreten, die denn auch den Tod verursachte. Leider war er in einem erheblich benommenen Zustand, der es nicht zuliess, Genaueres über die Entstehung seiner eigentlichen Erkrankung oder Verletzung zu erfahren. Aus all den mir bekannten Nachrichten durch den Lazarett-Zug, ist anzunehmen, dass Ihr Sohn auf dem schnellsten Wege vom Frontgebiet über einen Hauptverbandplatz und ein Kriegs-Lazarett hier eingeliefert worden ist. Dies musste ich auch schon annehmen aus der Tatsache heraus, dass für Ihren Sohn keinerlei krankengeschichtliche Unterlage von besonderer Art mitgegeben war, aus welcher man hätte ersehen können, was der eigentliche Grund seines [illegible] aus der Front gewesen ist. Einzig und allein konnte ich nach mehrfachem eindringlichstem Fragen von ihm noch erfahren, dass er durch Artillerie-Einschlag verschüttet gewesen ist. Die Folgen dieser Verschüttung sind aber nur teilweise die Ursache seines Ablebens gewesen, die Todesursache selbst ist das Herz- und Kreislaufversagen gewesen, welches im Wesentlichen auf eine schwerere Herzmuskelentzündung und beginnende Lungenentzündung zurückzuführen ist.

Sie können versichert sein, dass hier für Ihren Jungen alles getan worden ist, was in diesem schweren Zustande noch möglich war. Es tut mir nur leid, dass ich nicht mehr für ihn und damit für Sie habe tun können. Zu [illegible] kann ich Ihnen mitteilen, dass Ihr Junge ohne jeglichen Todeskampf, nachdem er aber noch geistlichen Beistand hatte, verschieden ist. Zu dem Sie betroffenen herben Verlust spreche ich Ihnen mein tiefempfundenes Beileid aus und wünsche und hoffe, dass Sie in Gedanken daran, unserem verehrten Führer und Vaterlande das grösste Opfer, was Sie haben selbst bringen können, gebracht haben, sich tapfer über diesen schmerzlichen Eingriff in Ihr persönliches Leben hinwegsetzen.

Mit besten Grüssen und

Heil Hitler!

Stabsarzt u.Chefarzt